Edition 8 Geschichten:

Hoffnung

achter Verlag

Inhalt

Achter Verlag, Weinheim
www.achter-verlag.de
ISBN 978-3-948028-26-8
Druck: bookpress.eu

Vorwort

Acht Geschichten zu einem Thema, das macht Hoffnung auf eine große Bandbreite, auf ganz unterschiedliche Perspektiven und auf die Entdeckung neuer Literatur. Hoffnung also, das war unser Thema und unsere Erwartungen wurden erfüllt. Aus der Vielzahl der eingegangenen Geschichten hat die Jury acht zur Veröffentlichung ausgewählt. Vier davon waren für Autorinnen und Autoren unter 25 reserviert. Eine Auswahl treffen zu müssen, ist nicht immer ein Vergnügen. Die eingesandten Geschichten hatten fast alle eine außerordentlich hohe Qualität und es gehört immer auch ein bisschen Glück dazu, ausgewählt zu werden. (Ganz nebenbei, Glück war das Thema bei der letzten Ausgabe der Edition 8 Geschichten).

Dieser Schreibwettbewerb und diese Ausgabe der Edition 8 Geschichten unterscheidet sich von den vorhergehend unter anderem dadurch, dass es dieses Mal um den Preis des Literaturfestivals Weinheim ging. In Kooperation mit dem Achter Verlag hat das Literaturfestival Geschichten zum Thema Hoffnung gesucht. Die eingesandten Geschichten sollten sich mit Hoffnung im weitesten Sinne beschäftigen. Es konnte genauso um Schwangerschaft („gute Hoffnung“) wie um Migration („Hoffnung auf ein besseres Leben“) oder die nächste Mathearbeit („Hoffnung auf wenigstens eine vier“) gehen. Nach Ansicht der Jury hat Marlene Schulz die beste Geschichte geschrieben. Aber überzeugen sie sich auf den folgenden Seiten selbst und denken Sie immer daran: Die Hoffnung stirbt zuletzt.

Weinheim, 17. 9.2023

Wolfgang Orians
Achter Verlag

Marlene Schulz

Die Villa

Prolog

Greta stellte die Milch auf den Herd, nur ein paar Minuten. Derweil zerkleinerte sie die Hefe und gab sie in die Mulde. Drumherum türmten sich Mehl, ein Ei, Zucker, eine Prise Salz.

Greta hatte die Herrschaften streiten hören, gestern am frühen Abend. Sie hatte in den oberen Zimmern die frisch gewaschenen Gardinen angebracht.

Wortfetzen hatte sie hören können, sich den Rest zusammengereimt.

Der Alte war zornig. *Immerzu nimmst du sie in Schutz.* Er schrie beinah.

Greta nahm den Topf mit der warmen Milch vom Herd, streute ein wenig Zucker über die Hefe, goss die Milch darüber.

Sie bleibt, hatte die Herrin gesagt, lauter als sonst. *Sie bleibt.*

Greta löste die Hefe in der Milch auf, begann, die Zutaten zusammen zu kneten. Sie bleibt. Wie hätte sie denn auch gehen können, wenn das Kind, wenn Luise, wenn ihr Kind Luise doch hier war. Auch wenn sie im Haupthaus wohnte, zu dem Alten Vater und zur Herrin Mutter sagte.

Greta knetete jetzt mit beiden Händen den Teig, gab mehr Mehl hinzu, bis immer weniger Teig an den Fingern klebte.

Ihr Kind nimmt sie mit, hatte der Alte gebrüllt. Es war doch auch sein Kind.

Der Teig war jetzt ein Kloß. Sie schlug ihn auf die Arbeitsplatte, knetete noch einmal, haute ihn wieder auf die Platte, drückte ihn kräftig zwischen den beiden Händen, zog ihn auseinander, packte ihn am einen Ende, holte aus und knallte ihn auf die Tischplatte. *Ihr Kind soll sie mitnehmen*, hatte er wirklich gesagt. Verschwinden und mitnehmen.

***

Der Ring ist von Mutter. Er lag in ihrer Schmuckschatulle. Ein goldener Ring mit zwei Edelsteinen. Zwei winzige Edelsteine, die beinahe vollständig herausgebrochen sind. Mutter hat den Ring oft getragen. Ich sehe sie vor mir, die schlanken Finger. Sie machte ein Geheimnis daraus, verriet nicht, von wem sie ihn hatte. Vater war es nicht. Er hatte keinen Sinn für so etwas, keinen Sinn dafür, ihr so einen Ring mit zwei winzigen Edelsteinen zu schenken. Mal behauptete sie, sie wüsste nicht mehr, von wem er sei. Das konnte ich nicht glauben. Einmal sagte sie, der Ring sei von einem … und nach langer Pause dann: … von einem Freund. Ein einziges Mal sagte sie genau das, und genau

Aus dem Tagebuch der Greta Bürgy, seinerzeit: *Die Herrin macht mir Avancen. Sie kommt jetzt immer öfter in die Küche. Die Sauce will sie probieren. Heute hat sie mich angesehen dabei. Als wollte sie sich, ich kann es nicht anders sagen, als wollte sie sich in mich hineinlegen. Sie hat ihre Hand um meine gemacht, als ich ihr den Löffel hinstreckte. Ein kleines Schächtelchen hat sie mir in die Küchenschürze getan. Ich habe es erst nach getaner Arbeit bemerkt. Einen Ring hat sie mir geschenkt. Er ist Gold mit zwei Rubinen. Einmal habe ich sie gesehen ihn tragen. Ihre Hände sind schlanker als meine. Ich werde ihn tragen, an einer Kette. Was soll ich tun? Kann ich meine Gefühle zeigen? Darf ich sie erwidern? Ich weiß es nicht. In meinem Kopf geht alles durcheinander.*

das war es, was ich ihr glaubte. Sie verlor sich in dem Ring, als sie das sagte, strich mit den Fingern ihrer anderen Hand über die Edelsteine. Zwei Rubine in Gold gefasst. Der Ring passt mir, passt, als wäre er für mich gemacht, genau für meine Hand, ich nahm ihn mir nach Mutters Tod, steckte ihn an, trug ihn, trotz der gebrochenen Steine. Die gebrochenen Steine sind Bruchstücke meiner Erinnerung, die mir verloren geht. Ich will mich erinnern, auf einmal ist es weg, eben war es noch da, aber was, es will mir nicht einfallen. Mit dem Ring halte ich meine Empfindung fest, die mit der Erinnerung verbunden ist. Der Ring erinnert mich an Mutter, manchmal ruft sie nach mir: Luise, ruft sie. Komm. Komm doch. Dann komme ich, aber sie ist nicht da.

„Ach du liebe Zeit!“, sagte Georg Leineweber, der gerade das frühere Wohnzimmer der Herrschaften betreten hatte. Luise hatte hier alle vier Wände vollgemalt, runter bis zum Parkett und halb hoch zur Decke.

„Irre, gell?“, sagte die Frau mit den braunen Locken, die bereits im Raum stand. Ein breites grünes Stirnband hielt die Haare aus dem Gesicht und legte eine hohe Stirn mit Sommersprossen frei. Sie trug ein türkisfarbenes Kleid, das bis zur Mitte ihrer Oberschenkel reichte. Dazu kniehohe Wildlederstiefel.

„Verrückt. Ja, das ist das richtige Wort.“

„Gefällt es Ihnen nicht?“, fragte Annika Elsheimer, die zusammen mit Martin, Katja, Nadine und Jan aus Frankfurt in nicht mal zwei Autostunden nach Meusenbach gefahren war, zu dieser Objektbesichtigung, dieser Villa vielmehr, die zur Versteigerung anstand.

Meusenbach ist im Tal gelegen, rundherum Wald, dazwischen ein paar Wiesen. An die dreitausend Menschen leben im Dorf. Es gibt eine Grundschule, eine Bushaltestelle, einen Bäcker, eine Apotheke, zwei Friseure, einen Kiosk mit Poststelle für Briefmarken und Pakete. Im Lebensmittelladen hat es vor zwei Jahren gebrannt. Seitdem steht das Geschäft leer, die Scheiben sind immer noch schwarz verrußt. Zwischen der Anhöhe im Westen und dem Tal liegt die „Villa“, *wie die Meusenbacher den Altbau nennen.*

„Vom Malen versteh‘ ich nichts“, sagte Leineweber und stützte sich an der Fensterbank ab. Er hatte sichtlich Mühe.

„Soll ich mal schauen, ob es hier einen Stuhl für Sie gibt?“ Leineweber antwortete nicht, zeigte lediglich mit einem kurzen Kopfnicken seine Zustimmung. Annika verließ den Raum und kam kurze Zeit später mit einem Hocker zurück. Eingetrocknete Farbtupfen waren überall darauf zu sehen. Den hat sie also benutzt, dachte Leineweber.

„Sie verstehen nichts von Kunst, haben Sie gesagt, aber finden Sie es nicht trotzdem beeindruckend?“

Leineweber betrachtete die Wand zur Terrasse. Luise hatte die ganze Tischgesellschaft gemalt. Das konnte nur sie gewesen sein. Kein Kunstwerk, eher grob und ohne Perspektive und Proportion, doch Alwine war gut zu erkennen.

„Das ist Alwine“, sagte er. Sie saß am Kopf des Tisches, die Haare hochgesteckt, so, wie sie sie immer getragen hatte, schwarzes, langes Kleid, geknöpft bis zum Hals und die Haare aus dem Gesicht.

„Und da drüben der Alte.“ Der saß an der anderen schmalen Tischseite mit seiner schwarzen, künstlichen Hand.

„Das da unten sind die zwei Großen, bei dem Hund.“ Die beiden Buben saßen auf dem Boden und kraulten den Hund. „Benno … oder Bello … oder Bruno.“ Georg Leineweber fiel der Name nicht mehr ein.

„Sie kannten die alle?“

„Natürlich habe ich die gekannt. Die Frau Rühl, hat sich für mich eingesetzt, dass ich hier oben den Verwalter machen kann. Ich wohne jetzt unten im Tal. Der Alwine gehörte das Haus hier oben. Von den Eltern. Eine geborene Wermund.“

„Reiche Leute?“

„Die Eltern hatten die Lederfabrik am Ortsausgang. Die war früher Ölmühle. Leinöl haben die da gemacht und später dann das Leder. Dreihundert Arbeiter waren das in den fünfziger Jahren, die meisten von auswärts.“

„Die Fabrik haben wir gesehen“, sagte Annika. „Die hat so zwei Gaupen-Reihen, gell?“

„Das war der Trockenboden. Da haben sie das gegerbte Leder aufgehängt.“

„Der mit der schwarzen Hand, ist das Alwines Mann?“

Georg Leineweber nickte. „Der hat nach dem Krieg die Geschäfte geführt, hatte aber kein Händchen dafür. Hätte das mal lieber die Alwine machen lassen. Der Alte hat nicht den richtigen Ton getroffen. Die Herrin, so nannten Alwine alle, die hätte die Fabrik nicht in den Untergang getrieben.“

„Und weshalb die schwarze Hand? Wegen des Unglücks mit der Fabrik? Oder vom gegerbten Leder?“

„Der Alte war im Krieg, aber nicht lang. Dem haben sie den Unterarm abgeschossen. Später hatte er dann diese Prothese. Er hat sich umgebracht nach dem Unglück mit den Buben.“

„Was denn für ein Unglück?“

„Mit dem Auto hat er die Kurve nicht bekommen, ist rausgeflogen und an einen Baum. Die zwei Buben … das war schon schlimm. Die Alwine hat ihm das nie verziehen, wie auch?“

„Das klingt grausam.“

„War es auch.“

Georg Leineweber betrachtete die Wand vor dem Kachelofen. Die drei Porzellanpferde auf dem Ofen sahen immer noch gut aus. Glänzten vor der beschmierten Wand. Leineweber hatte sie seinerzeit fest verankern müssen mit den Kacheln, auf Geheiß der Herrin.

„Schauen Sie mal da.“ Annika zeigte auf die Wand neben dem Ofen. „Sieht aus wie eine Schaukel. Da ist ein Kind drauf, gell?“

„Luise“, sagte Leineweber. „Die hat gerne geschaukelt.“

Luise bemalt die Wand, spricht vor sich hin: *Suse, liebe Suse, was raschelt im Stroh? Das ist das liebe Gretchen, die hat keine Schuh.*

Leg dich hin, Greta. Ich mach‘ dir die Haare auf, ja? Schön siehst du aus. So lange Haare. Ich bürste sie dir noch mal, ja? Darf ich mich zu dir legen? Darf ich? Bitte. Ich mach mich ganz klein. Unter deine Schürze will ich. Versteck mich, ja? Vater soll mich nicht finden. Aber Greta, nicht einschlafen, hörst du? Nicht einschlafen. Wenn du schläfst, musst du wieder aufwachen, ja? Schwör es.

„Dann hat sie sich selbst gemalt."

Leineweber nickte.

„Sieht aus", sagte Annika, „als würde da jemand vor den Büschen liegen.

Wie alt war Luise damals, fragte sich Leineweber. Zwölf? Elf vielleicht. „Die Greta liegt da tot auf dem Boden."

„Noch eine Tote. Das sind aber ziemlich viele. Und wer ist jetzt Greta?"

„Luises Mutter. Aber das sollte ein Geheimnis bleiben."

„Und warum wissen Sie es dann?"

„In Meusenbach bleibt so ein Geheimnis nicht lange eins."

„Warum denn nicht?"

„Man kennt sich. Der eine erzählt es dem anderen. Erst ist es vertraulich und irgendwann, dann weiß es noch einer. Wird bei Ihnen daheim nicht anders sein", sagte Leineweber.

Er betrachtete die auf dem Boden ausgestreckte Figur auf der Wand. Luise hatte ihr eine weiße Schürze hingemalt. Die trug Greta immer, wenn sie für die Herrschaften den Haushalt machte. Georg Leineweber konnte sich nicht erinnern, Greta jemals ohne diese Schürze gesehen zu haben. Er sah sie manchmal immer noch vor sich, wie sie die nassen Finger an der Schürze abwischte, wenn sie aus der Küche kam.

„Die Luise war also die Tochter von der Greta. Aber warum war das ein Geheimnis?“

Leineweber schaute die junge Frau jetzt von der Seite an. „Was würden Sie machen? Ein Dach überm Kopf, Arbeit und ein Zuhause für das Kind oder Fortgehen ins Ungewisse ohne Kind, ohne Arbeit? Greta hätte zu der Zeit nirgendwo unterkommen können. Das Geld war knapp im Krieg.“

Aus den Notizen der Alwine Rühl: *Kann nichts machen. Bin wie ohnmächtig. Muss immerzu an G. denken. Wie sie die Suppe anrichtet, mich probieren lässt, ich ihre Hand berühre. Muss aufhören damit. Das geht so nicht, darf nicht. Wenn Ludwig dahinterkommt. Ludwig? Schande genug, die er G. angetan hat. Mehr will ich nicht wissen. Am Ende wollte sie es auch. G. muss bleiben. Sie muss mir das Kind geben. Kann es stillen, wie eine Amme. Ich werde wie eine Mutter zu ihm sein. Es wird keinen Schaden nehmen. Ludwig muss ihr sagen, dass sie das Kind mir zu geben hat.*

„Also ist die Greta mit der Luise im Haus geblieben und keiner durfte es wissen? Hat sie das Kind denn versteckt?“

Georg Leineweber schaute auf die langgestreckte Greta. Luise hatte Gretas Haarknoten gelöst, die roten Haare, die ihr bis zu den Füßen reichten, aufgefächert um den Kopf.

„Sie hat es Alwine gegeben. Die hat Luise großgezogen, als wäre es ihr eigenes.“

Annika Elsheimer runzelte die Stirn. „Echt jetzt?“

Aus dem Tagebuch der Greta Bürgy *Der Kindsvater wollte mich fortjagen. Hans hat es gehört. Als er die Rosen geschnitten hat unter dem Fenster, haben sie gestritten. Wegen mir. Ich habe sie auch gehört. Machte gerade oben die Gardinen wieder dran. Es tut ihr aufrichtig leid, hat die Herrin gesagt, dass ihr Mann so grob zu mir war. Was kann sie schon dafür? Sie will, dass ich dableibe. Das Kind auch. Es soll im Haupthaus wohnen und den Familiennamen bekommen. Nicht meinen. Es wird nicht erfahren, wer in Wirklichkeit seine Mutter ist. Ich soll es ihr in die Hand hinein versprechen. Was hätte ich anderes tun können, als ihr die Hand darauf zu geben?*
Wo hätte ich denn hinsollen?

Leineweber stand vom Hocker auf, ging zur Tür. Im Türrahmen hielt er inne, ohne sich umzudrehen. „Der Alte war der Vater."

Annika hob die Augenbrauen und sah Georg Leineweber nach. Luise hatte also ihr Kind an die Hausherrin gegeben und der Hausherr war der Vater. Warum hatte Alwine das denn gemacht?

Draußen im Foyer stand die Immobilienberaterin. Sie trug einen roten, engen Rock. Der lange, spitze Kragen ihrer weißen Bluse lag über dem Revers ihrer Kostümjacke. Sie sprach mit Martin Petersen über die Abmessungen des Grundstücks. „Dreitausendachthundert Quadratmeter" konnte Annika verstehen und „Park" und „Waldgrenze" und „Nebengebäude" und „vierhundert das Haus", die „zehn Zimmer" und „unter dem Dach könnte noch eines dazu kommen". Ein Atelier vielleicht.

Nadine Scherbius beging gerade die Zimmer im Obergeschoss. Sie hatte noch den Blazer und die helle Hose an. Die anderen hatten sie direkt von der Arbeit abgeholt. Sie war eine der fünf aus Frankfurt, einer Clique von zwei Männern und drei Frauen, die seit Jans Geburtstag im April davon gesprochen hatten, raus aus der Stadt, gemeinsam auf dem Land leben zu wollen. Was die Arbeit betraf, würde es Martin am leichtesten haben – trotz seiner vielen Tätowierungen auf beiden Armen. Erzieher wurden überall gebraucht, männliche ohnehin, vielleicht gab es ja eine Kita in Meusenbach. Katja war als Informatikerin Job-Nomadin, sie war nicht ortsgebunden, und Jan würde als Umwelttechnikingenieur erstmal seine Stelle in Frankfurt behalten. Nadine und Annika, so war es abgemacht, würden sich um das Haus kümmern, den Garten anlegen. Annika hatte als Bildhauerin nur unregelmäßig Einkünfte, und die kamen meist von Workshops, die sie gab, für Museen oder in Schulen.

Sie hatte am meisten Zeit von allen. Mit Jan war sie seit vier Jahren zusammen. Sie lebten in einer gemeinsamen Wohnung im Nordend. Jan zahlte die Miete. Und Nadine, die war in der Stadtverwaltung hängen geblieben nach einer Ausbildung, die ihre Eltern über gute Beziehungen organisiert hatten, noch bevor Nadine davon wusste.

Eine Frau, die aus dem Ort zu kommen schien, sie hatte einen leeren Weidenkorb in der Hand, ging hinter Nadine durch die Zimmer. Ziemlich großräumig hier, sagte sie. Und der weite Blick ins Tal. Viel Wald direkt am Grundstück, und Pilze. Ein gutes Jahr, sagte sie und hob ihren Korb an. Sie wollte gleich noch mal schauen gehen.

Ob das Haus denn gefalle, fragte sie Nadine. Und ob sie hier in Meusenbach wohnen wolle. So. Ach. Nicht alleine. Zu fünft. Aha. Aus Frankfurt also. Ja, das sei ja gar nicht so weit weg. So, so. Gemeinsam hierher ziehen. Kinder? Ob sie Kinder hätten. Ach. Noch nicht. Ja, was nicht ist … Die Frau lachte. Arbeiten gehen würden sie. Aha. Selbst versorgen wollten sie sich hier oben. Mhm. So eine Art Landkommune. Ach. … Naja. … Die Villa sei schon ein bisschen in die Jahre gekommen. … Ob das nicht doch zu weit auf dem Land sei, schließlich sei in Frankfurt viel los und so junge Leute, die bräuchten doch eher … Also hier wäre es schon arg ruhig und das wäre auch schön so, aber für junge … Gute Luft, die gäbe es hier zweifelsfrei. Also nein, von Fluglärm sei hier nichts … obwohl, manchmal ein Rettungshubschrauber, die könnten ja auch ganz schön Krach … und wenn Baumfällarbeiten im Wald seien, der grenze ja direkt an die Villa … Zu fünft also wollten sie. Ach so. Nicht verheiratet … Aha. … Eine gute dörfliche Gemeinschaft sei das hier schon … aufgeschlossen, ja, auch. Jeder müsse halt eine gewissen Anpassungsfähigkeit … auch die Zugezogenen … man will ja, dass sich alle wohlfühlen. In der Villa hätte sich ja in der Vergangenheit einiges abgespielt. … könne man gar nicht alles erzählen. Die Luise von den Rühls, die hätte hier zuletzt gewohnt, die Arme. Wäre ganz durcheinander gewesen zum Schluss. Der Kopf hätte nicht mehr mitgemacht. Also sie lebe noch, ja, im Pflegeheim, nein, keine Angehörigen. Und die Mutter von ihr, also die richtige, die habe sich das Leben … Die Herrin, die wäre ganz arg auf sie gewesen, die hätte es ja auch nicht leicht gehabt, die zwei Buben … so ein Unglück … bei aller Liebe … in diesem Haus … keine zehn Pferde … keiner im Dorf würde hier hoch … es könne ja nur besser werden … hoffentlich … man wisse ja nie … und ob sie denn so eine große finanzielle Belastung wirklich auf sich nehmen wollten?

Luise Rühl, im Pflegeheim: Ich verstehe das nicht. Sie verkaufen das Haus. Ist doch meins. … Die Schaukel hing immer an der großen Eiche. Jemand hat sie abgehängt. Wer hat sie denn weggemacht? Greta? Hans? Der Herr Leineweber? Oder Mutter? … Ich schaukle doch so gerne. … Steinpilze sind da gewachsen, neben der Eiche. Viele, ganz viele. Greta hat sie getrocknet. Das hat gestunken. Wie alte Socken. … Mein Zimmer ist oben. Oben im ersten Stock. Zweites Fenster von links. … Daneben schlafen Mutter und Vater. Sie haben einen großen Balkon vor dem Schlafzimmer. Greta hat immer die Bettdecken rausgehängt. Einmal hat sie es vergessen. Es hat geregnet. Alles war nass. Vater hat schon die Hand gehoben. Mutter hat ihn zurückgehalten. Der hätte sie bestimmt … Greta hat geweint. Ist rausgerannt. Ich bin ihr nach. Rein in ihr Häuschen. Ich war so gerne bei Greta. … In den Rhododendronbüschen hat sie gelegen. … Wo ist denn meine Schaukel? … Ich muss nach Hause.

Mutter ruft mich. Schon die ganze Zeit. Luise, komm. … Ich muss gehen. Sie wird sonst böse.

Jan Liebhardt stand auf dem Dachboden. Er hatte eine der Dachluken geöffnet und band gerade sein schulterlanges Haar zu einem Pferdeschwanz. Die Bäume im angrenzenden Wald hatten bereits begonnen, sich zu verfärben. Von der Stadt hierher, überlegte er, hätte seinen Reiz. Fluglärm weg, Verkehr weg. Klar, mit Annika ein Kind, wäre schon super, Grundschule gibt es auch, hatte die Frau unten gesagt. Zu fünft - geht das? Annika und Katja auf Dauer? Weiß nicht. Wenn Annika erfährt, dass ich mit Katja …

SMS Katja_Jan

- wo bist du?

- Auf dem Dachboden. Und du?

- nebengebäude

- Stimmt, das gibt's ja auch noch. Hab' ich mir noch gar nicht angeschaut.

- komm her, keiner da sonst, hw hat hier mal gewohnt

- HW?

- hauswirtschafterin

- Finde gerade die Aussicht ganz cool hier oben.

- schade

- Wir müssen uns was einfallen lassen.

- was meinst du

- Wenn wir das Haus hier nehmen sollten, das können wir so nicht weitermachen.

- ?

- Du weißt, weshalb.

- plötzlich bedenken?

- Denk doch auch mal an Annika.

- war bisher auch kein thema

- Jetzt aber.

- verstehs nich

- Wenn wir das Haus nehmen und kriegen, wohnen wir hier zu fünft. Annika, du, ich, Martin, Nadine.

- keine news

- Verstehst du's nicht? Wir müssen aufhören damit.

- ...

- Weshalb schreibst du nicht mehr?

- bin schwanger

- Spinnst du jetzt?

- kanns dir zeigen, hab gerade auf 1 streifen gepinkelt

- Hier? Im Haus?

- yap

- Und das sagst du mir jetzt per SMS? Warum machst du das nicht persönlich? Und wieso denn schwanger? Von mir etwa?

- nee, martin

- Wieso denn von Martin?

- scherz, du kapierst auch gar nix

- Du verstehst hier nichts. Außerdem ist das überhaupt nicht lustig. Wir können so nicht weitermachen und wenn du jetzt echt schwanger bist, das ist doch Mist so etwas über SMS zu schreiben. Wenn Annika das liest. Bist du wirklich schwanger oder verarschst du mich?

- ich lass es wegmachen

- Ey, wenn es von mir ist (bist du da sicher?), dann ist es auch mein Kind. Das müssen wir zusammen entscheiden.

- muss gar nix

- Hey, Katja, das ist nicht einfach ein Programmierfehler, den man schnell behebt und fertig.

- programmierfehler beheben kann lange dauern

- Aber wenn du schwanger bist, müssen wir das besprechen und zusammen eine Entscheidung treffen.

- mach's nicht größer, als es ist

- Wir müssen drüber reden. Aber nicht per SMS.

- bin im hw-haus

- Bestimmt nicht jetzt, schon gar nicht hier.

- wüsste keinen besseren ort

- Du bist krank.

- annika kommt gerade ins hw-haus, was sie wohl dazu sagt

- Unterstehe dich. Das mache ich schon selber.

- angst? auf 1mal?

- Lass es, Katja. Ich warne dich. Hörst du?

- ok, annika ist hier nich, war n fake

„Ich hab vergessen, wie steil das hier hoch geht", sagte plötzlich jemand, die schmale Holztreppe hochhinkend. Der ältere Herr trug eine braune Baskenmütze, im Farbton passend zur Hose, einen grünen Anorak und Wanderstiefel. Er hatte einen Gehstock bei sich, der aussah, als sei er geschnitzt. Der Mann zog das linke Bein nach.

Jan, der immer noch an der Dachluke stand, sah unten Annika laufen, weit entfernt vom Hauswirtschafterinnen-Häuschen. Er hielt sein Handy in der Hand. „Waren Sie schon mal hier?", fragte er den Mann und steckte das Smartphone in die Hosentasche.

„Ich hab' hier als Gärtner gelernt", sagte Hans Mertens, „und gearbeitet, bis auch die Herrin gestorben ist."

„Die Herrin?"

„Die Frau Rühl. Alwine. Ihr gehörte das Haus. Und jetzt gehört es der Tochter, naja, Tochter … der Luise Rühl. Die ist jetzt im Pflegeheim."

Hans Mertens hinkte an Jan vorbei. Er lief leicht gebückt bis zur Dachluke, blieb stehen und öffnete sie.

Georg Leineweber erinnert sich:

Ich hab' sie im Garten von der Villa herumrennen sehen. Geh' da ja oft meine Runde. Sie hat mit sich selbst geredet und gelacht. Ganz laut gelacht, so ein Lach-Weinen. Ich hab' sie öfters gerufen, aber sie hat sich nie stören lassen.

„Pflegefall?"

„Wie man's nimmt. Die Beine machen noch mit bei ihr, aber hier", Hans Mertens klopfte mit der Faust auf seine Stirn. „Im Stübchen ist alles durcheinander."

„Oje", sagte Jan.

Mertens schaute nach unten. „Das Häuschen ist gar nicht zu sehen von hier oben."

„Häuschen?"

„Da hinten ist es, fast am Ende vom Grundstück. So etwas wie ein Nebengebäude. Zwei kleine Zimmer. Die Greta hat da gewohnt."

„Greta?"

„Die Hauswirtschafterin von den Rühls. Die hat sich später vergiftet."

„Vergiftet?"

„Pilze. Die kannte sich aus damit. Die wusste, was man nehmen muss. Der Rühl wollte sie fortschicken."

„Hat er sie entlassen?“

„Die Herrschaften hatten Streit wegen ihr. Der Alte wollte, dass sie geht. Die Herrin hat das nicht geduldet. Auch wegen der Luise nicht.“

„Luise?“

Aus den Notizen der Alwine Rühl *Luise ist mir im Traum erschienen.*
G. trug die Kleine auf Händen, eingewickelt in Leinen. Sie saß auf der Schaukel. Das ist mein Kind, hat G. im Traum gesagt. Es war mehr ein Singsang. Mein Kind. Immerzu. Als wollte sie streiten darum, mit mir.

„Die Tochter von der Greta, die ja auch dem Rühl seine Tochter war.“

„Die Tochter von der Haushälterin war die Tochter von dem Hausherrn?“, sagte Jan. „Und die Frau von dem Hausherrn wollte, dass die Mutter des Kindes ihres Mannes im Haus bleibt. Hab‘ ich das so richtig verstanden?“

Mertens nickte.

„Das klingt ziemlich ungewöhnlich, zumindest für diese Zeit. Wann war das?

Hans Mertens überlegte. „Dreiundvierzig, vierundvierzig. So um den Dreh.“

„Ich hab’s mit angehört. Die Herrin hat den Alten zur Rede gestellt. Das Fenster stand einen Spalt weit offen. Ich schnitt direkt darunter die Rosen, hatte nicht viel Übung, das hat länger gedauert, war ja noch in der Lehre. Die Herrin hat das Greta zuliebe geduldet. Hat dem Alten gesagt, dass das Kind hierbleibt, und Greta auch. Sie wusste wie der Alte war, kannte ihn am besten von allen in der Villa.

Das Kind kann am allerwenigsten dafür, hat sie gesagt. Am allerwenigsten dafür, dass du dein Gemächt nicht im Griff hast."

„Das heißt, es war nicht das erste Mal?"

„Kann ich nicht sagen. Die Alwine wird ihren Mann da schon besser gekannt haben."

SMS Annika_Katja:

- hey

- Hi, Katja. Und? Was sagst du?

- wozu?

- Zum Haus.

- ach so, ja, ganz brauchbar

- Ich finds cool. Soo viele Zimmer. Hast du dir mal die Zeichnungen angesehen im Kaminzimmer?

- strange

- Ich find die super interessant. Hab mich mit einem Mann unterhalten, der weiß, wer hier früher gewohnt hat. Zuletzt eine ältere Frau, die ist jetzt im Pflegeheim.

- dement?

- Ist anzunehmen.

- annika

- Ja? Alles okay bei dir?

- geht so

- Was'n los?

- hab gerade n test gemacht

- Was für'n Test?

- bin schwanger

- Oh

- mhm

- Freust du dich?

- weiß nicht

- Kenn ich den Vater?

- nicht wichtig

- Völlig okay, wenn du's nicht sagen willst.

- kennst ihn glaube ich nicht wirklich

- Wenn wir hier zu fünft einziehen und dann dein Kind kommt, ist es gut, dass wir Martin als Fachmann haben, Nadine sowieso hier ist und ich wahrscheinlich auch ziemlich oft … fühlt sich ganz gut an. Für dich auch?

- kann's mir noch nicht so vorstellen, vielleicht bekomm ich's gar nicht

- Ist vielleicht noch bisschen früh zu sagen. Hast ja gerade erst den Test gemacht. Hast du den hier gemacht? Im Haus?

- yap

Hans Mertens erinnert sich: Hab' sie gefunden in den Rhododendronbüschen mit dem Brief in ihrem Hauskittel. Tage hat das gedauert, bis ich sie entdeckt hab'. Eingerollt lag sie da auf der Seite. Auf ihrer Wolldecke. Die Schuhe ans Kopfende gestellt. Die

WhatsApp Annika_Jan:

- Schatz, stell dir vor, Katja ist schwanger.

- Wer sagt das?

- Hat sie mir gerade gesimst. Sie hat einen Test gemacht, hier im Haus.

- Hier?

- Ja, krass, gell?

- Was hat sie noch gesagt?

- Wie, was noch?

- Wieso ist sie schwanger?

- Wie es dazu kam, kann ich mir lebhaft vorstellen. Du nicht? Falls du dich fragst, wer der Vater ist: Hat sie nicht gesagt. Sie meinte, ich kenne den nicht. Glaube, sie wollte es nicht sagen. Egal. Ist ihre Sache. Finde die Vorstellung ganz schön, ein Kind im Haus groß werden zu sehen. Du auch?

- Weiß nicht.

Haare waren offen da gelegen. Sonst hatte sie immer einen Knoten. Hab' aufgepasst, dass die Kleine sie nicht sieht. Hat auf ihrer Schaukel gesessen. Gesungen. Suse, liebe Suse, was raschelt im Stroh? Das sind die lieben Gänschen, die haben keine Schuh. Überall hab' ich nach Greta gesucht. Der Brief in ihrer Kittelschürze. Das war kein Brief. Ein Zettel war das. In einem Umschlag. Nur eine Zeile. Gebt Luise nicht fort, stand da. Der Alte hat Greta auf dem Gewissen.

„Waren Sie auch im Krieg?", fragte Jan den hinkenden Mann.

Mertens klopfte auf sein Bein. „Das hier hat mir das Leben gerettet. Mich haben sie deswegen nicht eingezogen."

Hans Mertens denkt an die letzten Wochen, in denen Luise schon im Heim ist, das Haus seitdem leer steht:

WhatsApp Annika_Martin:

- Hallo, Martin. Katja ist schwanger.

- Wow. Woher weißt 'n das?

- Katja hat es mir selbst gesagt

- Echt?

- Gesimst hat sie's.

- Sieht ihr ähnlich. Und nu?

- Nix und nu. Sie weiß noch nicht, ob sie es bekommen wil aber wenn, ich wäre dabei. Du auch?

- Ich bin Erzieher, schon vergessen? Klar bin ich dabei.

Sie will immer wieder hoch zur Villa. Als ich das letzte Mal mit ihr oben eine Runde zu Fuß drehe, lässt sie doch auf einmal ihren Schlüpfer runter, streckt den nackten Hintern hoch, hin zur Villa. Um sich gehauen hat sie, als ich sie wegziehen will, ihr sage, sie soll sofort die Hose hochmachen. Ich wusste ja nicht, ob vielleicht jemand im Haus ist. Das ist schon traurig, wie jemand so verrückt werden kann. Das Alter spielt schon übel mit uns.

WhatsApp Annika_Nadine: - Katja ist schwanger.

- Ja, ich weiß.

- Hat sie es dir auch gesagt?

- Ich hab sie gesehen, als sie gerade aus der Toilette kam.

- Hey, Nadine. Hättest ja mal was sagen können.

- Finde es besser, wenn Katja das selber macht.

SMS Jan_Martin

- Schon gehört?

- Was?

- Mit Katja?

- Das hat sich aber schnell rumgesprochen. Dachte, sie weiß es erst seit heute, vielmehr seit wir hier im Haus sind.

- Frauen kommunizieren eben schneller als wir.

- Hast du ne Ahnung, wer der Vater ist? Wusste gar nicht, dass sie nen Typen hat.

- Vielleicht will sie es für sich behalten. Außerdem kann sie rummachen mit wem sie will.

- Klar. Interessieren würd's mich trotzdem. Dich nicht?

- Ehrlich gesagt, bin ich nicht sicher, ob sie uns da nicht einen Bären aufbindet. Würde ich ihr glatt zutrauen.

- Warum sollte sie?

Luise Rühl lief auf das Tor der Villa zu. Sie trug Hausschuhe und eine beige Hose. Ihre hellblaue Weste hatte sie bis oben hin zugeknöpft, oben blieb ein Knopf übrig, unten ein Knopfloch. Das lange, graue Haar lag offen auf ihren Schultern. Sie ging über den Rasen.

„Mutter?", sagte sie und lief auf die Haustür zu. „Meine Schaukel ist weg."

Zwei Autos standen auf dem Schotterweg vor der Tür. Eines hatte ein F auf dem Nummernschild. Die Haustür stand offen. Luise Rühl ging hinein in die Villa. Eine Frau stand nahe der Treppe. Sie hatte einen roten Rock an und eine weiße Bluse.

„Mutter?", rief Luise. „Wo ist Mutter?"

Die Frau hüstelte. „Ich glaube, das ist hier ein Missverständnis", sagte sie. Luise schaute erst die Frau an, dann die Treppe hinauf.

„Mutter, ich bin da."

„Ich denke, das ist hier nicht der richtige Ort …"

„Wo ist meine Schaukel?"

„Ihre Schaukel?"

„Wo ist denn Mutter? Sie hat bestimmt die Schaukel weggemacht. Wegen Greta."

„Greta?"

Luise Rühl summte eine Melodie vor sich her. Sang leise: „Suse, liebe Suse, was raschelt im Stroh. Das sind die lieben Gänschen, die haben keine Schuh."

„Wo wohnen Sie denn?", wollte die Frau wissen.

„Ich wohne hier", sagte Luise Rühl.

„Das kann nicht sein", sagte die Immobilienberaterin.

„Sie müssen jetzt gehen", sagte Luise Rühl zu der Frau. „Mutter kommt gleich. Sie wird böse, wenn Sie nicht gehen."

Jetzt kamen Leute die Treppe herunter. Luise Rühl sah einen Mann mit Pferdegesicht. Seine Haare waren nach hinten gebunden. Wie Karin, dachte sie. Meine Karin. Greta hatte sie gemacht und die Wollfädenhaare zusammengebunden. Die Frau neben ihm hat Sommersprossen. Ich will auch Sommersprossen, dachte Luise Rühl. Die andere hat eine helle Hose. Ist heute Sonntag? Der andere Mann da hat aber einen langen Bart. Der sieht zum Fürchten aus. Die Arme hat der angemalt. Hat der meine Farben genommen? Noch eine Frau. Sie hat ihren Pony selber abgeschnitten. Der ist ganz kurz. So viele Leute auf der Treppe. Die kenne ich alle nicht. Und wer ist die Bestimmerin mit dem Feuerwehrrock? Mutter sagt immer: Rot ist vulgär. Nur die Feuerwehr muss rot sein.

„Was haben Sie mit meiner Mutter gemacht?", fragte Luise Rühl. „Ich will zu meiner Mutter, sofort. Was ist mit ihr? Wieso halten Sie

Sie sie hier im Haus versteckt? Das ist unser Haus. Was machen Sie überhaupt hier alle in unserem Haus? Wo sind denn die ganzen Möbel? Sie dürfen nicht einfach alles mitnehmen, das gehört Ihnen gar nicht. Hat Mutter das erlaubt? Weiß sie davon?"

Die Immobilienberaterin kam jetzt an die Treppe, wollte Luise Rühl am Arm berühren, hob bereits ihre Hand, entschied, es zu lassen. „Ich glaube, Sie gehen jetzt besser, wir können hier nichts für Sie tun. Kann ich Ihnen ein Taxi rufen?"

„Sie haben Mutter gar nicht gefragt. Sind einfach hier eingedrungen", sagte Luise Rühl. „Sagen Sie es, ich will es auf der Stelle wissen! Sie haben sich selbst Zutritt verschafft und jetzt laufen Sie hier durch unser Haus und tun so, als wäre es Ihr Haus. Mutter? Wo bist du denn? Mutter, haben Sie dich eingesperrt? So gib doch Antwort!"

„Luise", rief jemand von oben. Ein Gehstock war zu vernehmen, der auf den Holzboden klopfte.

„Luise? Bist du das?"

„Vater?"

Epilog

Jan hat es mir gesagt. Da wohnten wir schon alle in der Villa. Nadine, Martin, Jan und ich, Katja natürlich auch. Sie hat das Kind nicht wegmachen lassen. Jan hat sie gedrängt und Nadine, Martin auch.

Jan hat geweint als er es mir erzählte. Ich hatte nichts gemerkt. Nichts.

Erst dachte ich, das kann ich nicht. Jeden Tag Katja zu sehen, mit Jans Kind in ihrem Bauch. Sie hat es noch weniger gekonnt. Nicht wegen mir, vielmehr wegen ihr selbst. Katja und Kind, das passt nicht. Katja und wir alle in der Villa, das passte auch nicht. Sie kann nicht an einem Ort bleiben, muss immer weg, weit weg. Sie hat das Kind bekommen. Linus ist jetzt acht Monate. Er kann schon sitzen. Vor zwei Monaten ist Katja ausgezogen. Ich glaube, ich fange gerade an, mich nochmal neu in Jan zu verlieben. Jedenfalls fühlt es sich so an. Ihn mit Linus zu sehen ist sehr besonders. Ohne Linus wäre ich wahrscheinlich nicht mehr mit Jan zusammen. Als er es mir sagte, fühlte es sich an, als wäre etwas kaputt gegangen. Ich konnte es gar nicht aufhalten, nicht abstellen, es war einfach da dieses Zerbrochene. Auch wenn Jan immer und immer wieder sagte, dass er mich liebt. Das wusste ich ja. Und trotzdem. Ich dachte immer, das macht mir nichts aus. So eine Affäre. Solange ich diejenige bin, die ganz oben steht. Es geht aber gar nicht darum, die Erste zu sein. Ist alles Quatsch. Das weiß ich jetzt. hab eine Weile gebraucht. Hab mich am Anfang damit über Wasser gehalten so zu tun , als wäre jetzt Jan meine Affäre, die ich loswerden kann, wenn ich will. Ich bestimme, wenn es zu Ende ist, nicht er. Das hat es leichter gemacht. Katja war ein Warnschuss, der mich aufschreckte, mich nicht zu sicher zu fühlen. Ich weiß nicht, ob dieses Gefühl jemals weggeht.

Tina Schlegel

Vom Ende aller Tage

Rot leuchtet die Erdbeere auf dem Teller. Ein
Wassertropfen perlt zwischen den zarten, grünen Punkten, gerät in Bewegung, scheint zu zögern und bleibt tatsächlich hängen. Herausfordernd liegt die Erdbeere dort, verströmt ein süß-sommerliches Aroma, das sich in Hannahs Gedanken sofort in ein Bild verwandelt: die Großmutter, lächelnd, eine Haarsträhne umspielt ihre Wangenknochen, die Hände bis zu den Handgelenken in einem Teig. Anschließend würde sie ihn kneten und in die Form geben, um ihn später, wäre er gebacken und ausgekühlt, mit Sahne zu bestreichen und schließlich mit Erdbeerhälften zu belegen. Omas Erdbeerkuchen, dessen voller Geschmack nicht erst im Mund entstand, sondern schon lange davor.
Hannahs Hände zittern. Sie weiß, was zu tun ist, mit dieser Erdbeere, mit ihren Gedanken, mit all den Erinnerungen, und weiß es doch nicht. Irgendetwas hüllt sie ein und lässt sie verharren.

Die Hände ihre Großmutter rochen immer nach Kuchen, weil sie, solange Hannah zurückdenken kann, die Kuchen für ihr eigenes Café gebacken hatte. Das Café befand sich im Erdgeschoss eines schönen Altstadthauses mitten in Konstanz und hatte einen Garten, in dem allerhand wuchs – von Rosen über Salat, einem Apfelbaum und Kräutern bis hin zu Hannahs „Lieblingsgewächs", den Erdbeeren, die im Sommer in Hannahs Mund oder auf Großmutters Kuchen wanderten. Über die gerechte Aufteilung ließ sich verhandeln. Hannah kann sich an keinen Sommer ihrer Kindheit erin-

nern, in dem es keine – doch, halt, einen Sommer gab es natürlich. 1986 gab es keine Erdbeeren, keine Pilze im Herbst. Es war das Jahr ohne Gemüse aus dem Garten, ohne unbeschwertes Herumtollen in der Natur, ein Jahr, das getragen war von Vorsicht, von Skepsis, von einem scheuen Blick auf die Umgebung, immer auf der Suche nach dem Gift in der Luft. Bei jedem Regen folgte der sorgenvolle Blick nach oben – würde man es irgendwann auch sehen und greifen können?
Heimlich war Hannah, gerade acht Jahre alt, in den Wald gelaufen, suchend, gleichsam gierig nach einer Gestalt der Gefahr, nach einem Bild für das, wovor die Erwachsenen sich so fürchteten.

Komm raus, du Monster. Zeig dich, sei nicht so feig und klau
uns alles, was uns lieb und teuer …

Still stand sie mitten im Wald, lauschte. Nichts. Ein Eichelhäher verkündete den anderen Waldbewohnern ihr Eindringen, warnte das unsichtbare Leben vor ihr. Sie ärgerte sich, über ihre Eltern, über diesen unsichtbaren Feind, der ihr den Sommer verdarb, der sie dazu verdonnerte, den roten Früchten an den Pflanzen beim Verfaulen zuzusehen. Eine hatte sie gegessen, köstlich hatte sie geschmeckt, und doch war ihr vor lauter schlechtem Gewissen übel geworden. Angst. Sie verdarb den Geschmack, die Sinne, die Ruhe, sogar die Stille im Wald schien vergiftet in dem Jahr nach Tschernobyl. Wütend trat Hannah dort im Wald nach einem Tannenzapfen. *Blöder giftiger Regen!* Wütend war sie auf alles und jeden und sehr konkret über die Rufe des Eichelhähers. *Wie konnte er nur …*

Hannah steht vor der Ablage in ihrer Küche. Ihre Gedanken richten sich auf das Holz, das an manchen Stellen schon dunkle Spuren trägt, die davon zeugen, dass die Küche ihr Lieblingsort ist. Schon immer. Vielleicht, weil sie hier ihrer Großmutter am nächsten ist. Sie würde es frisch ölen, das echte Holz, zusehen, wie das Öl in die Poren eindringt, es glänzen und weicher erscheinen lässt und doch härtet – abhärtet gegen ihre Schusseligkeit, wenn wieder Suppe, Soßen oder wie jetzt der Saft einer Frucht herabtropft.

Ihr Messer erinnert sie daran, dass sie mitten bei der Arbeit ist, obwohl, nein, nicht mitten bei der Arbeit, eigentlich ist sie beinahe fertig, es fehlt nur noch eine Erdbeere, die letzte Erdbeere für den Kuchen, den sie am Nachmittag der Großmutter bringen will.

„Kind, Hannah, bist du noch dran?"

Die Mutter. Das Telefon spricht und doch will in ihr kein Bild dazu entstehen.

„Hannah? So sag doch etwas!" Etwas knirscht. „Hannah, hör mal, das kommt doch nicht ganz unerwartet, oder?"

Hannah nimmt den Hörer vor ihr Gesicht, betrachtet ihn, hält ihn aber nicht wieder an ihr linkes Ohr. Ihr ist, als läge dort der Feind in ihrer Hand. Links vor ihr steht der Kuchen, goldgelb, noch dampfend. Die Sahne steht bereit, muss aber noch geschlagen werden, „frisch schmeckt sie am besten", die Stimme der Großmutter dringt an ihr Ohr und überlagert jene Stimme aus dem Apparat. Jetzt fehlen nur die halbierten Erdbeeren, fehlt nur die eine letzte Erdbeere und … „Ich leg jetzt auf", sagt sie in Richtung des Hörers.

„Hannah? – Ich glaub, sie hat es nicht gut aufgenommen, Hermann, nein, lass – Hannah? Ich wollte nur, dass du vorbereitet bist. Heute, wenn du kommst." Klick.

Der Wassertropfen hängt noch immer fest. Wie eine Träne, schießt es Hannah durch den Kopf. Bewegungslos harrt sie aus, das Messer in der rechten, das Telefon in der linken Hand.

In die rote Süße der Erdbeere mischt sich jetzt der Kuchen, drängend erhebt sich der Duft, hängt mahnend vor ihr im Raum und wabert durch ihre Gedanken. *Hände in Teig, eine Haarsträhne … ach!* Sie halbiert die letzte Erdbeere mit besonderer Sorgfalt, prüft den Kuchen, entscheidet, dass sie noch Geduld haben muss, und bringt das Telefon zurück zur Ladestation. Wahllos wirft sie Kleidungsstücke in ihren kleinen karierten Koffer. Eine halbe Stunde später verstreicht sie die Sahne auf dem Kuchen und verteilt die Erdbeeren wie ihre Großmutter: ein äußerer Kreis und ein Herz in der Mitte, dazu legt sie einen Zweig Lavendel.

„Lavendel, mein Kind, gehört zu Erdbeeren, der Duft, die Farben, da treffen alle Sinne aufeinander. Das ist geradezu romantisch."

Seit Jahren schon liegt das Café in der Konstanzer Altstadt in einem tiefen Dornröschenschlaf. Hannah ist hier aufgewachsen, hat der Großmutter beim Backen zugesehen, die Augen geschlossen, wenn die Großmutter ihre romantische Erdbeertorte mit Lavendel verzierte, und das Aroma in sich aufgenommen. Ihre ganze Kindheit spielte in dem Café und dem dazugehörigen Garten, einem Garten, der ihr als Kind so groß vorgekommen war, so unendlich voller Möglichkeiten, glücklich zu sein, dass Hannah es nie für möglich gehalten hätte, einmal hier und nicht glücklich zu sein. Wie konnte man nicht glücklich sein, wenn man die Aussicht auf Erdbeeren hatte? Wenn man den Erdbeerblüten beim Wachsen zusehen und dann beobachten konnte, wie kleine gelbe Kugeln wuchsen, anschließend kleine erhabene Punkte entstanden und irgendwann die

Natur ein Rot zauberte, das schon beim Anblick süß den Gaumen umspielte. Die Hoffnung auf eine gute Ernte schenkte Hannah schon als ganz kleines Kind eine außergewöhnliche Geduld und Beobachtungsgabe, eigentlich sogar Hingabe, eine *Beobachtungs-Hingabe*! Da hatte die Großmutter sich sehr gefreut über dieses neue Wort, mit dem sie ihre Enkelin beschenken konnte. *Sie werden deswegen so gut, weil du sie mit deiner Geduld und Hingabe umsorgst.*
Am Abend hatte Hannah ihrer Mutter stolz davon berichtet, dass die Erdbeeren in Omas Garten dank ihrer *Beobachtungs-Hingabe* zu etwas ganz Besonderem würden und der Kuchen der Oma somit der beste der Stadt … Die Mutter hatte gelacht und gesagt, dass die Großmutter ja wohl nicht alle Tassen im Schrank hätte, ihrer Enkelin solche Flausen in den Kopf zu setzen. Setzen, hatte Hannah gedacht, wie kleine Setzlinge im Garten. *Wachsen Flausen und wenn ja, haben sie auch Früchte?*

Die Mutter, die die Augen verdreht. Auch so ein Bild, das ihre Kindheit prägt.

„Milde, gute Natur, du Gütigste, du beschenkst mich und meine hingebungsvolle Enkelin", hatte die Großmutter gesungen und Hannah hatte laut gelacht und in die Hände geklatscht.
Der Garten war der Hort ihrer Kindheit, das Stück Geborgenheit, das jeder Mensch für ein glückliches Leben braucht, denn Glück ist nicht nur die Aussicht auf Erdbeeren, sondern auch die Hoffnung darauf, so gesehen zu werden, wie man gerne sein möchte. Hannah wollte vieles sein, aber vor allem hingebungsvoll, weil sich mit diesem Wort so ein besonderer Blick der Großmutter auf sie legte, der warm und beschützend war, und weil sich das Wort in ihrer Kind-

heit unweigerlich mit einer guten Ernte verknüpfte. Und nicht zu vergessen jener andere, ebenfalls besondere Blick der Mutter, mit dem sie belustigt aussehen wollte, aber eigentlich etwas ganz anderes ausdrückte: Neid. Sie war neidisch auf Hannah.

Im Frühjahr gab es immer besonders viel zu tun. Gemeinsam mit der Großmutter grub Hannah die Erde um und bereitete die Beete vor. Manchmal sank sie mit ihren kleinen Füßen in die feuchte Erde ein, goss extra noch Wasser dazu, um den Matsch bis zu den Knien hochstreichen zu können. Die Hände voller klebriger Erde, beim Klatschen flogen kleine Klümpchen in ihr Haar – und einmal der Großmutter auf die Nase. Wenn das die Mutter sähe, hatte Hannah gedacht, und im selben Augenblick hatte die Großmutter sich an sie erinnert: „Das hat deine Mama auch immer gern gemacht." Sie war sich mit dem Handrücken über die Nase gefahren und hatte sich dabei nur noch mehr Schmutz im Gesicht verrieben, aber Hannah hatte nichts dazu gesagt. Die Mutter hatte auch im Garten geholfen und sich mit Schlamm eingerieben? Ihre Mutter? Wann sollte das denn gewesen sein! Da hatten gewiss noch die Dinosaurier gelebt, hatte sie als Kind überlegt und boshaft gegrinst.

Jedes Jahr erklärte ihr die Großmutter, welche Pflanze zu welcher passte, dass Bohnen und Gurken einander nicht mögen, dass die Tomaten miteinander sprachen – „auf tomatisch?", fragte Hannah und lachte mit ihrem glockenhellen Lachen, das die Großmutter so sehr liebte. So sehr liebte, so sehr liebte, so sehr liebte … das zarte Echo der Erinnerung.

Der Erdbeerkuchen steht in einer durchsichtigen Box auf dem Beifahrersitz. Hannah hat den Koffer auf die Rückbank geworfen und den Kuchen neben sich gestellt, um ihn im Auge zu haben. Sie will

sichergehen, dass nicht eine Erdbeere aus ihrem Kreis verschwindet, der Lavendelzweig nicht verrutscht. Sie will sichergehen, dass alles aussieht wie früher. Erinnerung und Hoffnung auf Wiedererkennen und eine Spur der Erinnerung bis in die Gegenwart. Und doch ist alles anders. Weshalb hat ihre Mutter angerufen? Hannah weiß es nicht mehr. Sie will es nicht wissen, will nicht auf einer Reise sein, die kein Ziel hat. Sie will sich nicht *heimat-zeit-los* fühlen auf einer Straße nach nirgendwo, sie will lieber wieder im Wald stehen und sich über Tschernobyl ärgern, das in einer unsichtbaren Ferne über die Welt hereingebrochen ist und seine Schatten auf ewig werfen würde. Eigentlich ist seit damals nichts mehr, wie es war – sie hatte erkannt, dass in der Welt der Erwachsenen Dinge passieren, die man zwar nicht sehen konnte, die aber anwesend und gefährlich waren. *Wie die Monster unterm Bett, ätsch, es gibt sie also doch!*
Wenn die Arbeit im Garten getan war, dann gingen sie nach drinnen und die Großmutter wusch ihr die Hände. Kleine Hände in Großen, Seife, die überquoll, die so weich war und unter dem warmen Wasser viel zu schnell verschwand.
Der Garten mitten in der Altstadt von Konstanz grenzte an die Stadtmauer. Dort hatte die Großmutter Rosenstöcke angepflanzt, die schöner und schöner wurden, die jedes Jahr aufs Neue blühten, ein Meer aus Weiß und Rosé-Tönen, so zart jedes einzelne Blütenblatt, dass es umgehend die vielen Kratzer vom Unkraut Jäten vergessen ließ.

Die Rosen sind die zärtlichsten Blüten der Natur.
Aber weshalb haben sie Dornen?
Es gibt einen Prinzen, der glaubt, weil sie sich schützen wollen, ich glaube, weil sie wollen, dass man einen Schmerz in Kauf nimmt, um sie kennenzulernen.

Hannah hatte den „kleinen Prinzen“ noch nicht gekannt, der Schmerz verankerte sich also in ihrem Gedächtnis.

Weshalb soll etwas so Schönes wehtun?
Weil alles Schöne auch wehtut, weil allem Schönen auch der Abschied innewohnt. Vielleicht sollen wir daran denken.

Mitten im Garten stand ein Apfelbaum. Holztische und passende Stühle standen darunter und passten sich unaufdringlich der Umgebung an. Wie selbstverständlich wichen sie den Wurzelsträngen des Baumes aus. Bunte Kissen auf den Stühlen leuchteten mit den Mohn-, Rosen- oder Löwenzahnblüten um die Wette. Hin und wieder fiel ein Apfel vom Baum und landete mit einem lauten Plopp auf einem der Tische. Im Apfelbaum hingen Vogelhäuser und Meisen-Futterringe. Zwei Türkentäubchen fanden ebenfalls ihre Heimat in dem Stadtgarten ebenso wie einige Eichhörnchen. Die Katze der Großmutter akzeptierte das. Sie war keine Jägerin und erst spät begriff Hannah, dass es zwischen Katze und Großmutter eine besondere Verbindung gab – als wäre das Tier keine Katze und die Großmutter nicht einfach eine Großmutter.

Oma, bist du eine Hexe?

Oft lag die Katze neben der Großmutter auf der Bank, ließ sich streicheln und von der Sonne am Bauch kitzeln. Sie schien ebenso verträumt den Vögeln zu lauschen wie die Großmutter selbst. Nur einmal knurrte sie eine Amsel an, die sich zur Großmutter setzte,

ja, sie knurrte, wahrscheinlich, *weil* die Amsel sich zur Großmutter setzte.
Im Hochbeet wuchsen Salat und Kräuter. Am liebsten mochte Hannah die großblättrige Petersilie und trieb ihre Mutter damit zur Weißglut, denn zuhause am elterlichen Abendbrottisch pickte sie jedes Anzeichen von Grün aus dem Essen
„Petersilie ist eklig."
„Aber du isst sie bei der Großmutter sogar pur!", rief die Mutter oft verärgert und schrill und wischte die Hand des Vaters, die sich sofort beruhigend auf ihren Arm legte, energisch weg. *Das dumme Kind, als wäre alles in diesem dusseligen Garten heilig.*

Dieser dusselige Garten, dieser dusselige Ort einer Kindheit, die so lange zurückliegt, dass sie keine Wahrheit der Gegenwart mehr ist. *Wahrheit bleibt Wahrheit! – Quatsch!* Wahrheit wird irgendwann gefällt wie ein alter Baum. Wahrhaftig bleibend ist nur die Erinnerung.

Heilig die Pfannkuchen der Großmutter, für die sie ein Ei pro Küchlein aufschlug. Die Großmutter schickte sie in den Garten, um die Petersilie dafür zu holen. Sie fuhr jedes Mal mit den Fingern über die Stängel und die Blätter, schloss wieder die Augen und ließ ihre Finger schmecken. Es war ein komplett anderes Gefühl als bei den Rosenblättern, sinnlich, aber weniger auf den Fingerspitzen als vielmehr auf der kindlichen Zunge, die sofort den Geschmack der Pfannkuchen in diesem herben Grün *mit*-spürte. Die Hälfte wanderte auf dem Weg in die Küche direkt in den Mund, prüfend, ob die Vorstellung sich erfüllte. *Oma, kann ich nicht für immer bei dir wohnen? Alles an dir riecht so viel besser als daheim. Ach, Kindchen.*

Abschied. Du musst dich verabschieden, hat die Mutter am Telefon gesagt und sie hatte trotzig geantwortet, wie das denn gehen solle und: Das werden sie ja noch sehen. Setzt Abschied nicht ein Gegenüber voraus? Jemand, der den Abschied annimmt und zurückgibt? Verabschieden, ein leises Lebewohl, nein, kein Lebewohl, vielmehr ein „Jetzt wirst du also tot.“. Abschied nehmen, die Mutter hat keine Ahnung. Großmutter, sag doch was!

In ihrem Garten war ein Stück Brachland ohne Töpfe, Beete und auch ohne Tische und Stühle, dort war einfach Wiese. Was das denn solle, das sei doch Platzverschwendung sagten die Leute und sie und ihre Großmutter sahen einander an und lachten heimlich, nein, nicht einmal heimlich, sie kicherten über die Leute, die keine Ahnung hatten, was die Natur war und sein konnte, wenn sie nicht auf ihren Nutzen hin betrachtet wurde. Natur war Vielfalt, das war das Erste, was ihre Großmutter ihr beibrachte, denn gerade mitten in der Stadt hätten sie eine besondere Verantwortung für die Bienen und Schmetterlinge. Mitten in der Stadt, dachte Hannah immer wieder erstaunt und sah zur Stadtmauer hin. Keine 500 Meter weiter war die Laube, eine vierspurige Straße, die die Altstadt von Konstanz von dem Stadtteil Paradies trennte.
Ist das nicht schön? Hier ist das Paradies in Sichtweite.
Wer braucht ein Paradies, wenn es deinen Garten gibt, Oma.

Vielfalt. Hannah, sechsjährig, fand das Wort wie eine reife Erdbeere, die sie immer komplett in den Mund schob und dann langsam von links nach rechts bugsierte und zerdrückte. So lang wie möglich wollte sie die Süße im Mund behalten, die Augen dabei schließen und sich die schönen kleinen gelben Kugeln in Erinnerung rufen, die zu berühren immer so aufregend war. Vielfalt lag genauso lange im Mund. Viiiiiielfaaaalt, dachte Hannah. Es dauerte nicht lange, ab Mitte April, da war aus dem „Brachland“ eine Wiese mit Gänseblümchen geworden, dazwischen gelb leuchtende Löwenzahnblüten, die in der unexakten Mehrzahl so viel niedlicher klangen – „Löwenzähne“, Hannahs zweites Lieblingswort aus dieser Zeit – und Wiesenschaumkraut, das so gern in die Muttertags-Sträuße wanderte. In der Nähe des etwas feuchteren Bereichs auch ein Schlüsselblümchen. Blauer Natternkopf und Klatschmohn waren noch zu erwarten. Später. Und dann kamen die Bewohner der Wiese und alle Gäste staunten über das Geflatter und Gebrumme, wenn Wildbienen, Schmetterlinge und Hummeln neben ihnen über die Wiese wandelten, ja, lustwandelten. Wenn sie dann die Großmutter lobten, platzte Hannah vor Stolz und nützte die Gelegenheit, der Mutter, falls sie anwesend war, eine lange Nase zu drehen. *Viiiiiielfaaaaalt, ätsch.*

Erst viel später begriff Hannah, dass der Garten nicht nur ihr Hort der Geborgenheit war. Als die Schule einmal unerwartet früher endete, lief sie hinüber in die Altstadt und wollte ihre Großmutter überraschen, fand diese aber nicht in der Küche, sondern im Garten, allein. Sie stand unter dem Apfelbaum, mit einer Hand an den Stamm gelehnt, und auch wenn ihr Gesicht nichts verriet, wusste Hannah intuitiv, dass die Großmutter still weinte.

Hannah hatte gezögert, die Erkenntnis und die Tatsache, dass sie heimliche Beobachterin war, beschämten sie. Sie war geflüchtet und hatte die Großmutter nie danach gefragt, sie beim nächsten Treffen dafür besonders lange umarmt.

„Kindchen, was ist denn los? Willst du mich denn gar nicht mehr loslassen?“

„Nein, niemals, Oma."
Loslassen war keine Kunst, die Hannah erlernen wollte. Loslassen bedeutete auch eine Aufgabe der Erinnerungen, oder nicht?

Die Warnblinklichter an dem Auto vor ihr holen Hannah in die Gegenwart zurück. Der Stau, mit dem sie gerechnet hat, ist da. Sie schielt zu dem Erdbeerkuchen auf dem Beifahrersitz. Sie hat Lust, einfach den Deckel zu öffnen und mit dem Finger durch die Sahne zu pflügen und dabei eine Erdbeerhälfte einzusammeln. Der Gedanke liegt wie eine bittere Pille auf ihrer Zunge, es schmerzt sie die Vergeblichkeit dieses Kuchens, der sich vermutlich keinen Platz im Gedächtnis erarbeiten kann, obwohl der Geschmack doch davon lebt, dass sich Erinnerungen daran knüpfen, dass überhaupt alles davon lebt, dass wir es in unser Gedächtnis einsortieren wollen und können – alles andere ist Beiwerk und sinnlos.

Oma, bin ich noch da, wenn du nicht an mich denkst?
Ein erschrockenes Gesicht. *Was meinst du?*
Na, gibt es mich eigentlich, wenn niemand an mich denkt? Wenn ich in keinem Kopf vorkomme? Ich kann mich doch nicht selbst ausdenken, oder?
Alles, was wir erleben, sammeln wir in unserem Gedächtnis. Du wirst also immer größer.
Die Großmutter dachte gewiss, das wäre eine gute Vorstellung, aber Hannah bekam Angst. *Wir sind, was wir erinnern?*

„Wir sind, was wir erinnern", wiederholt Hannah in ihrem Wagen, während die Autos auf der Gegenseite an ihr vorbeirasen und sie sehnsüchtig auf den Kuchen blickt, den Geschmack der süßen Erdbeeren aus dem Garten der Großmutter erinnernd. Sie weiß nicht, was sie mehr trifft – die Tatsache, dass ihr dieser Satz jetzt eingefallen ist, oder jene, dass dieser Satz so sehr die Realität trifft. „Wir wussten doch, dass es eines Tages so weit sein würde", hat die Mutter vorhin am Telefon gesagt. „Wir wollten es dir schon die ganze Woche sagen, aber irgendwie …"

Irgendwie begreift die Mutter nicht, was da passiert, was da wirklich passiert mit ihr, Hannah. Mehr und mehr habe sich die Großmutter in ihre eigene Welt zurückgezogen und nun sei es eben so weit, dass sie sie wohl nicht mehr erkennen würde, sie, ihre geliebte Hannah, denn sie habe die ganze Woche nicht mehr am realen Leben teilgenommen und ja, man müsse das hinnehmen und vielleicht sogar dankbar sein, denn die Tatsache, dass die Großmutter nun ganz in ihrer Welt sei, mache es ihr letztlich auch einfacher. Die Zeit des Übergangs, die schreckliche Momente geboren und sich über Jahre hingezogen hatte, sei eine grausame gewesen, das könne sie, Hannah, nicht beurteilen, da sie ja habe studieren wollen in der Ferne und dort auch arbeitete. Vorwürfe, Vorwürfe, Enttäuschungen, die Schließung des Cafés, Hannahs Weigerung, dass das Café verkauft würde, die Großmutter, die in hellen Momenten Hannah unterstützte, der Ärger der Mutter darüber. „Das Grundstück bringt so viel Geld, wir wären saniert!"

Wenn der Klatschmohn kam, setzte Hannah sich an einen der alten Holztische, nahm ihren Malblock und zeichnete eine Blumenwiese. Jedes Jahr. Die Großmutter legte irgendwann eine Sammelmappe an: „Mohnblumen von Hannah Schellenbach."

Bei einem ihrer letzten Besuche hatte Hannah die Mappe in dem Zimmer ihrer Großmutter gefunden. Es war eines der wenigen Dinge, die von dem alten Hof mit in das Pflegeheim gezogen sind.

Eines jener Stücke, die die Großmutter begleiten sollten auf ihrem Weg des Abschieds. Die räumliche Enge, die Reduktion auf so wenige Erinnerungsstücke raubten Hannah fast den Atem. Sie stand dort an dem bescheidenen Regal, zog die Mappe heraus, fuhr mit den Fingerspitzen über den Titel, den die Großmutter in ihrer so wunderschön geschwungenen Schrift gemalt hatte, öffnete sie und sah das erste Bild: Hannah, 5 Jahre alt. Grüne Striche, darin rote Punkte. Ein gelber Kreis oben rechts. Es sollte fünf Jahre dauern, bis Mohnblumen erkennbar waren. Und doch war es bei jedem Bild so, als könnte Hannah sehen, wie der zarte Mohn im Wind tanzt, als könnte sie die Hummeln hören und dieses Kribbeln im Magen spüren, wenn die Schmetterlinge vorbeiflatterten. Sie liebte Schmetterlinge, man habe Schmetterlinge im Bauch, wenn man verliebt sei, hatte man ihr irgendwann erklärt, doch Hannah hatte heftig widersprochen: „Das ist Quatsch! Schmetterlinge zu sehen, *verursacht* ein Kribbeln, weil sie so schön sind, weil sie so lebhaft flattern, da bleibt ringsherum die Zeit stehen, daher kribbelt es!"

Die neurodegenerative Erkrankung sei leider nicht heilbar. Das habe man ja gewusst und sich darauf einstellen können, nicht wahr? Die Mutter hat gesprochen wie ein Mediziner, während Hannah die Erdbeeren für den Kuchen schneiden wollte. Gewiss, Hannah hat alles über diese Krankheit gelernt in den letzten Jahren, darüber, wie sich die Großmutter verändern würde, wie schwer es sein würde, sich darauf einzustellen, dass sie einmal freudig auf sie zukam und sie umarmte und beim nächsten Mal feindselig und schweigsam auf ihrem Stuhl verharrte.

An jenem Tag, als Hannah die Mappe mit den Mohnblumen aus dem Regal gezogen hatte, war ihre Großmutter abrupt aufgestanden und zu ihr gelaufen mit diesem merkwürdig nachgezogenen rechten Bein, wofür es laut Ärzten keinen Grund gab, sie bildete sich offenbar ein, verletzt zu sein. Sie lehnte sich an ihre Enkelin und streichelte über jedes einzelne Bild, das Hannah aufblätterte. Ein Lächeln huschte über ihr Gesicht, doch nach ein paar Seiten schluchzte sie. Schnell schloss Hannah die Mappe und nahm sie in den Arm.

„Es gibt mich nicht mehr, es gibt mich nicht mehr", stammelte die Großmutter und sah Hannah so verzweifelt an, dass auch Hannah die Tränen in die Augen schossen.

So standen sie dort vor dem alten Regal mit den wenigen Habseligkeiten der Großmutter und weinten. Im Augenwinkel sah Hannah das Foto von ihr und der Großmutter, wie sie unter dem Apfelbaum saßen und die Äpfel viertelten für Kuchen und Kompott.

„Bitte nimm die Mappe mit und erinnere dich an mich."

War das ihr Abschied? Hat Hannah es nur nicht wahrhaben wollen?

Die Katze, die immer neben der Großmutter auf der Bank gesessen und alle Gartenbewohner so liebevoll beobachtet hatte, war 16 Jahre alt geworden. Es passierte an einem Freitag. Hannah kam wie jeden Freitag nach der Schule ins Café und freute sich auf die Pfannkuchen. Pfeifend lief sie durch das Café und wunderte sich, dass keine Gäste da waren. Sie fand ihre Großmutter in der Küche, die Haare unfrisiert, gleichwohl bei der Arbeit am Pfannkuchenteig.

„Was ist los?"

Die Großmutter sah erschrocken auf. Sie legte einen Finger an die Lippen und bedeutete Hannah, ihr zu folgen. Sie liefen durch das Café und von dort in den Garten. Es summte und flatterte, es duftete und vielfaltete, wie Hannah es liebte, so sehr liebte, so sehr liebte … Es war *ihr* Paradies auf Erden, doch etwas war anders. Die

Großmutter zeigte auf die Bank. Eingerollt lag die Katze dort. Still. Hannah starrte auf die Katze, dann zur Großmutter. Sie begriff nicht. Wieder legte die Großmutter den Finger auf die Lippen und nickte. In ihren Augen sammelten sich Tränen. Hannah stand wie erstarrt, die Augen zusammengekniffen beobachtete sie das Tier, wartete darauf, dass es miaute, sich streckte oder gähnte wie in all den Jahren zuvor. Vielleicht war der Tod deshalb so unbegreiflich, weil ihm tausende Erinnerungen entgegenstanden und er in seiner grenzenlosen Arroganz glaubte, mit einem Mal alle zu überwinden. *Pah, du kannst mich mal. Atme, Katze, atme.* Und sie atmete für einen Moment, den sich Hannah so sehr wünschte, dass sie ihn zu sehen glaubte. Still gingen sie nach drinnen, wo die Großmutter sie fest in ihre Arme schloss. Damals hatten sie genauso geweint wie an jenem Regal mit der Zeichenmappe in der Hand. Über 30 Jahre lagen dazwischen. Die Großmutter war alt, Hannah längst erwachsen, die Katze nur noch ein ferner Moment und der Grund der Tränen eine Sammlung von Kinderbildern.

Wieso sollten wir schweigen?
Ein stiller Abschied. Ich dachte, das passt.
Kann man schlafend sterben?
Man kann sterbend schlafen.

Die Arbeit im Garten war wie ein Schöpfungsakt, Hannah kam sich dabei immer wie eine Heldin vor. Mit zwölf wusste sie alles über Kräuter, ihren Geschmack, ihre heilende Wirkung, ihr Wachstum, ihre Vorlieben, über gute und schlechte Nachbarn. Erdbeeren mochten Knoblauch, das erheiterte viele. Bohnen mochten keine Erbsen. Das freundlichste Gemüse war der Kopfsalat, der konnte überall wachsen, lediglich mit der Roten Bete konnte es ungemütlich werden. Hannah liebte das Wissen der Großmutter, doch wenn sie abends am Esstisch davon erzählte, dann verdrehte die Mutter wieder die Augen. „Was ist mit Mathematik?“ Die Großmutter lachte über die Mutter, boxte sie in die Seite und sagte: „Das soll man die Mutter mal fragen!“ und die Sache war erledigt.

Der Stau löst sich auf. Ein Auffahrunfall in der Baustelle, eine Baustelle, die Hannah mittlerweile auswendig kennt, jede Erderhebung, jedes Plakat, das für oder gegen die Erweiterung der Autobahn spricht – was spricht dafür? Es geht mitten durch Wald und Wiesen, mitten durch ein Vogelschutzgebiet, weiter und immer weiter soll die Blechlawine sich ausbreiten. Man löst ein Problem, indem man es vergrößert, denkt Hannah und sieht flüchtig zu den beiden Unfallautos, die behelfsweise in den Baustellenraum gezogen worden waren. Weshalb löst man nicht das Problem?

Hannah, acht Jahre alt, irgendwann im Herbst: „Was, wenn Tschernobyl nie aufhört?“
„Was meinst du mit ‚nie aufhören‘?“
„Wenn das Gift einfach bleibt? In den Blumen, den Bienen, den Bäumen, einfach in allem, und wir dann nie wieder Erdbeeren ernten dürfen? Was, wenn dein Garten einfach stirbt daran?“
Hannah war verzweifelt und sie wünschte sich, dass die Großmutter einfach laut loslachen würde, um dann zu sagen, das seien allzu trübe und absolut unbegründete Gedanken, doch die Großmutter stand nur da und sah sie ernst an. Ihre Stirn in tiefen Falten, die Mundwinkel unbewegt, und gerade als Hannah schon angstvoll dachte, dass auch die Großmutter in Tränen ausbrechen würde, nahm diese sie in den Arm und drückte sie ganz fest an sich.

„Da machen wir nicht mit, hörst du? Da machen wir nicht mit. Wir werden nächstes Jahr Erdbeeren ernten. Wenn das Gift noch da ist, dann werden wir damit leben lernen oder gemeinsam untergehen." Gemeinsam untergehen, dachte Hannah und verankerte in ihrem Kopf nur das Wort „gemeinsam". Jahre später erst, vielleicht sogar erst vor Kurzem, begriff sie, wie ernst es der Großmutter war. Sich in einer Welt ohne Natur am Leben zu erhalten, war keine Option. *Geht die Welt, gehe ich.*
Was die Großmutter damals meinte, vor einigen Jahren, als sie sich durchringen konnte ober vielmehr musste, das Café zu schließen, war jene Welt, in der Hannah groß geworden ist. *Geht mein Garten, gehe ich*, übersetzte Hannah für die Eltern, doch sie verstanden nicht, was sie ihnen sagen wollte. Neurodegenerative Krankheit. Verluste, keine Abschiede.

Tschernobyl war jener Einschnitt in ihrer Kindheit, jenes Ereignis, das ihr unmissverständlich zu verstehen gab, dass eine Macht außerhalb des Einflussbereichs ihrer behüteten Kindheit existierte, die bereit war, willkürlich Böses zu tun. Es war das Ende einer Unbeschwertheit, ein Ende, das Hannah zutiefst erschütterte. Jedes Mal, wenn sie in den Jahren danach den Frühling im Garten der Großmutter begrüßte, blickte sie gleichzeitig sorgenvoll an den Himmel, wischte mit dem Finger die Regentropfen von Grashalmen und Rosenblättern, von Schnittlauch und Apfelblüten und leckte den Finger ab – schmeckte er sauer? Schmeckte er nach Feind? Wenn nicht, kehrte Ruhe bei ihr ein, Erleichterung über ein gewonnenes Lebensjahr.

In einem melancholischen Moment lag Hannah tieftraurig und enttäuscht von einer ersten Liebe als 14-Jährige unter dem Apfelbaum und schwor: „Wenn ich sterbe, Großmutter, dann möchte ich unter einem blühenden Apfelbaum beerdigt werden."
Lächelnd antwortete die Großmutter, das sei ein schöner Wunsch, einer für ganz viel später, denn auch das Sterben falle unter einem blühenden Baum gewiss leichter, weil so das Sterben irgendwie nahtlos in das Bild des Wachsens und Fortdauerns hinübergleite.

Nimmt man beim Sterben ein Bild mit in den Tod?
Wenn, dann soll es ein blühendes sein, ein buntes, ein glückliches, eines mit tausend Erinnerungen.
Viiiiielfaaaalt.

Weshalb konnte man mit der Großmutter über den Tod reden, nicht aber mit der Mutter? War die Verdrängung in dem mittleren Alter am stärksten? War in dieser Phase dann Erinnerung nicht am allerwichtigsten? Erinnerung in beide Richtungen, nach vorne und nach hinten, dachte Hannah und wusste nicht, weshalb sie dabei ein geradezu heroisches Gefühl in sich keimen fühlte.
„Oma, kann man sich auch vorauserinnern?"
Die Großmutter lachte und streichelte die Katze neben sich auf der Bank, die da noch zwei Jahre leben sollte. Dann wurde sie ernst: „Ich erinnere mich an die Zucchiniblüten des nächsten Jahres, es werden die schönsten Blüten sein, die wir je hatten, sie werden gefüllt mit Reis und gekocht noch einen Hauch Orange und dabei keinerlei Bitterkeit in sich tragen. Ich erinnere mich auch an die erste Erdbeere, die du zu früh ernten wirst und die sauer in deinem Mund schmeckt, doch du wirst es nicht zugeben. Und ich erinnere

mich, dass eines Tages der Platz neben mir auf dieser Bank leer sein wird."

Alles ist möglich. Alles verschwindet. Auch Erinnerung.

„Sie ist jetzt befreit vom Festhalten an Altem, das war viel schlimmer."
Die Mutter spendet Trost dort im Flur des Heimes.
Hannah erinnert sich an die Finger der Großmutter, die über die roten Punkte auf dem Bild streicheln, das Hannah, sechsjährig, gemalt hat. An die Tränen, die auf ihrer Wange landeten, das leise Stammeln, dass alles verschwinde.
„Hannah, ich weiß, es ist nicht leicht. Oh, wie schön der Erdbeerkuchen aussieht. Komm, wir essen ihn gemeinsam. Vielleicht hat sie Appetit. Lass uns auf einen guten Moment hoffen. Der Arzt sagt, es gibt da immer Hoffnung. Wir sollen … komm jetzt."

Der Lavendel ist ein wenig verrutscht, auch eine Erdbeere hat den Platz auf dem Sahnehäufchen verlassen. Hannahs Hände zittern. Im Garten stolperte sie einmal über eine Wurzel des Apfelbaums und schleuderte den Teller mit Kuchen in hohem Bogen von sich. Das Kuchenstück landete neben dem Teller in der Wiese. Hannah setzte sich dazu und teilte mit den Ameisen und Spatzen.
„Sag der Oma nicht, was ich dir am Telefon erzählt habe, bitte, Liebling, ich weiß nicht, wie sie …" Die Mutter ist verlegen. Hannah hat Mitleid mit ihr, immerhin ist es ihre Mutter, über die sie sprechen.
„Es sind doch auch deine Erinnerungen, oder nicht?"
Die Mutter fährt sich durchs Haar, mehr Verlegenheit passt jetzt nicht mehr in das Bild, das vor Hannah steht. „Also, es war immer

mehr deins, dort mit der Oma im Garten zu sein. Er liegt jetzt so lange brach, das Café steht leer, das geht einfach nicht mehr. Es wird da ein schönes Wohnhaus hinkommen. Du weißt ja nicht, wie viele Menschen verzweifelt Wohnungen suchen und …"

Hannahs Gedanken gehen spazieren. Sie läuft dort neben ihrer Mutter durch den Gang, grüßt andere Bewohner und sitzt dabei auf einer Bank mit Blick auf alte Rosenstöcke. Sie riecht Rosen und Lavendel, hört Bienen und streichelt dabei eine Katze. Sie weiß in ihrem Kopf, dass das alles nicht mehr ist, dass dort jetzt eine Baugrube oder sogar schon eine Betondecke ist. Sie weiß, dass sich die Bienen und Hummeln und Schmetterlinge, die Meisen, Amseln, der Specht und die Eichhörnchen ein neues Zuhause suchen mussten, sie weiß, dass das Grab der Katze längst nicht mehr ist, und doch sitzt sie dort und steckt sich eine Erdbeere in den Mund. Süß und saftig schiebt sie den Sommer mit der Zunge hin und her.

Im Zimmer der Großmutter betretenes Schweigen. Das Unsagbare schreibt sich in die Luft zwischen ihr und der alten Frau, die dort am Tisch sitzt und ängstlich zu ihnen blickt.

Dein Garten ist verschwunden.
Er geht mit mir.
Gemeinsam untergehen.
Ich sagte es dir doch, mein Kind. Ein unsichtbarer Feind … Er frisst sie auf, all die Erinnerung.

Hannah nimmt den Teller mit dem Kuchen. Erdbeerkuchen mit einem Zweig Lavendel. Sie will ihn der alten Frau reichen, doch die bewegt sich nicht. Ihr Blick jedoch fällt auf den Kuchen. Sie überlegt fieberhaft, dann zuckt ihr linkes Auge und ihre Stirn kräuselt

sich. Hannah hat Angst, Angst, ihre Großmutter bei ihrer Suche nach einer Erinnerung scheitern zu sehen. Sie überlegt, was ihre größte Hoffnung im Moment wäre, dass die Großmutter sie erkennt oder aber eine geliebte Erinnerung wiederfindet? Hannah will selbstlos sein und verschließt die Hände ineinander und in Gedanken um ihr Herz.
Die alte Frau betrachtet den Lavendelzweig. Alles im Raum ist still, wie in Watte gepackt. Ganz behutsam streckt sie die Hand aus und schiebt den Zweig etwas weiter in die Mitte. Sie lächelt dabei, dann hebt sie den Blick und nickt Hannah zu.

Jetzt können wir gehen.

Silke Sutcliffe

Und manchmal gelingt es

Lilly, Kai und Heinz sitzen schon im Sprinter. Ich habe gecheckt, dass sie angeschnallt sind. Wolf lungert neben der Schiebetür herum. Ich schaue an ihm vorbei, anstatt ihn ins Auto zu bitten. Meine Haare sind fast trocken, aber das Seewasser bekomme ich nicht aus den Ohren. Egal, wie oft ich den Kopf schieflege und auf einem Bein hüpfe. Meinen Schrei, den ich gerne zurücknehmen würde – veratmen, verschlucken und irgendwo tief in mir verstauen –, auch nicht. Die ausgefahrene Metallrampe wirft ein schepperndes Echo meiner Schritte zurück, als ich zu Antje in den Kofferraum steige. Ich drücke mich an Susis Rollstuhl vorbei. Gebe vor, zu helfen. Aber eigentlich stehe ich nur in der Ecke. Antje stellt die Bremsen fest, führt die Retraktoren hinten und vorne in die Bodenschienen des Sprinters ein, befestigt die Abspanngurte an den Kraftknoten, löst die Bremsen wieder, zieht nach, stellt wieder fest. Von oben schaue ich auf ihr schwarz gefärbtes Haar mit dem grauen Ansatz. Warum trägt sie es nie offen? Sie hat es so fest zusammengebunden, dass mein Kopf schon vom Hinsehen schmerzt. Einen Moment lang scheinen ihre Hände zu zittern. Ich ziehe den Schulterschräggurt nach unten, aber Antje nimmt mir die Schlosszunge aus der Hand.

„Das mache ich."

Susi ist festgezurrt wie ein Möbelstück beim Umzug.

„Alles okay?", frage ich.

Antje verschränkt die Arme vor ihrem Kasack. Ein halbes

Drachen-Tattoo lugt unter dem rechten Ärmel hervor. Immer dieser bescheuerte Aufzug, als wäre sie Krankenpflegerin. Dabei ist sie früher Taxi gefahren, wenn stimmt, was Kai mir erzählt hat. Zum ersten Mal, seit wir den Strand verlassen haben, sieht Antje mich an.

„Was soll nicht okay sein?"

Zorn lauert in ihrem Gesicht, notdürftig angeleint und bereit, sich loszureißen und mich anzufallen.

„Du, Lena?", fragt Susi.

Sofort hat Antje mich vergessen. Sie will nicht, dass Susi mir einen Witz erzählt. Susis Witze gehören ihr.

„Ja?", ich lege eine Hand auf Susis Schulter.

Zwischen Antjes aufgemalten Augenbrauen bildet sich eine Falte. Sie wirft mir einen ärgerlichen Blick zu.

„Was steht nutzlos in der Ecke?", fragt Susi.

Ich zucke mit den Schultern.

„Ein Schmollstuhl."

Antje lacht dröhnend, als wäre Susis Witz das Lustigste, was sie seit Langem gehört hat. Auch ich versuche ein Lächeln, aber es verunglückt. Seit fünf Tagen geht das so: Wenn Antje Susi ein Lätzchen umbindet oder wenn Antje Susis Stomabeutel austauscht, verschwindet die Härte aus ihrem Gesicht. Wenn Susi nachts aufwacht, eilt Antje an ihr Bett und bleibt, bis sie wieder eingeschlafen ist. Selbst schläft sie kaum, sondern wandert im Haus herum und wacht über uns. Dann denke ich, dass Antje kein schlechter Mensch sein kann. Dass es an mir liegen muss. Zwei Reisetage muss ich noch überstehen. Antje verlässt den Kofferraum und weist Wolf mit einer mürrischen Kopfbewegung an, einzusteigen. Als ich die Metallrampe einfalte, klemme ich mir

den Zeigefinger. Verdammt! Ich gebe keinen Laut von mir, obwohl es weh tut. Ich will nicht, dass alle meine Launen mittragen müssen. Ich bin nicht Antje. Aber die Wut breitet sich von meinem pochenden Finger weiter im ganzen Körper aus. Wie Lava, die irgendwo in meiner Körpermitte dickflüssig und schwarz verklumpt. Meine Hände und Füße sind heiß.
„Was machst du da hinten?", ruft Antje.
Ich antworte nicht, sondern warte, bis es aufhört.
Zu zweit ginge alles leichter. Aber seit fünf Tagen fahre *ich* diesen Sprinter. Dabei hat er nichts mit dem VW gemein, in dem ich vor drei Wochen meine Fahrprüfung abgelegt habe. Er ist schwer und störrisch wie Antje. Als ich einsteige, sitzt sie schon auf dem Beifahrersitz. Sie händigt mir den Schlüssel aus. Ich starte den Motor und ruckele am Schalthebel herum. Betätige den Blinker. Drehe den ganzen Körper, um den leeren Parkplatz hinter uns in den Blick zu nehmen. Einen Rückspiegel gibt es nicht. Navi auch nicht. Antjes Finger trommeln auf der Armatur herum. Hinten gestikuliert Kai und redet auf Wolf ein. Es geht um eine Überraschung, einen Kaugummiautomaten, ein Geschenk. Wolf schüttelt den Kopf und zieht sich den Hoodie tiefer ins Gesicht.
„Fährst du mal los?", fragt Antje.
Ich nicke, lasse die Kupplung kommen und würge den Motor ab.

Antje lotst mich über Kopfsteinpflaster und durch enge Gassen. Ich biege nicht rechtzeitig ab. Sie flucht. Ich biege zu schnell ab und schaue nicht über die Schulter. Sie flucht. Wir fahren an Losbuden, einem Autoskooter und einem Kettenkarussell vorbei. Kai singt *Abenteuerland* von Pur, so falsch, dass ich das Lied nur am Text erkenne. Heinz dirigiert den Takt, Lilly und Susi klatschen dazu.

Nur Wolfs Gesicht bleibt reglos. Vielleicht werden wir gemeinsam nach Hause geschickt. Wer weiß.

„Wie wär's, wenn wir auf den Rummel gehen?", frage ich.

„Discolichter? Nebelmaschinen?", Antje winkte ab, als würde sie eine Fliege verscheuchen, „Susi hat Epilepsie!"

Jeden Abend sitzt Antje alleine mit ihrem Bier in der Küche und plant den nächsten Tag. Ich habe nichts zu melden.

Seilbahn? Zu hoch.

Bergwerk? Zu steinig.

Vielleicht sollte ich das mit dem Studium lassen.

Theater? Zu teuer.

Museum? Zu langweilig.

Vielleicht bin ich einfach nicht geeignet. Dabei wollte ich nie etwas anderes werden als Lehrerin an der Sonderschule.

Nur weil mir beim Mensch-ärgere-dich-nicht-Spielen schon bunte Punkte vor den Augen tanzten, bin ich heute Morgen auf den Parkplatz am See gefahren. Bis hier hin und nicht weiter. Alle haben gejubelt und die Badesachen ausgepackt. Nur Antje fand die Idee bescheuert. Und noch mehr als das, was passiert ist, beschäftigt mich, dass sie recht hatte.

Wir halten an einem Biergarten. Antje zeigt auf den Supermarkt direkt gegenüber.

Auch so was: Warum lässt sie mich nie einkaufen?

„Ich brauche maximal eine halbe Stunde", sagt sie.

„Bekommst du das hin?"

Sie mustert mich, als wäre das eine Prüfung, die ich unmöglich bestehen kann. Sie weiß, dass ich die Bescheinigung für das Studium brauche. Mit der einen Hand in der ausgebeulten Tasche ihres Kasacks sieht sie aus wie ein Beuteltier. Vielleicht will sie mir die Notfallmedikamente geben, die sie immer mit sich herumträgt? Falls ja, überlegt sie es sich anders. Sie nimmt den Autoschlüssel an sich. Es raschelt und klirrt, als sie ihn ihrer Tasche verstaut.

*

„Wolf?"
Kein Ton dringt aus der Kabine. Ich klopfe, drücke die Klinke nach unten und zerre daran, obwohl ich weiß, dass ohne das metallische Klicken innen, auf das ich warte, nichts zu machen ist. Je länger ich hier vor der Tür stehe, desto länger sitzen die anderen draußen alleine am Biergartentisch. Die Pissoirs an der Wand grinsen hämisch zu mir herüber. Das Drehschloss bewegt sich nicht. Das kleine Fenster unter dem Türgriff bleibt rot.
„Wolf!"
Seine Schuhe in Größe 42 mit den LEDs sind das Einzige, was ich von ihm sehen kann. Soll ich mich durch den Spalt zwischen Tür und Fliesen zwängen? Über den klebrigen Boden robben? Und Wolf: Was tut er, wenn ich in seinen Schutzraum eindringe? Wenn mein Oberkörper in seiner Zelle erscheint? Im besten Fall zieht er nur die Hose hoch, im schlechtesten tritt er zu. Heute Morgen noch hätte ich auf Wolfs Sanftmütigkeit geschworen. Aber am See ist etwas Fremdes in seinen Blick gerückt. Und jetzt hat es sich, gemeinsam mit dem ganzen Wolf, dort drinnen verschanzt.

Ein Skater in hellblauen Turnschuhen betritt den Raum. Er schlurft an mir vorbei. Sein Blick erinnert mich an Antjes Blick. Er wartet darauf, dass ich etwas tue oder verschwinde oder ich weiß nicht, was.

„Wenn du mir nicht sagst, was los ist, Wolf, dann kann ich dir nicht helfen!"

Ich reibe mir die sonnenverbrannten Schultern. Wo Wolf mich unter Wasser berührt hat, spannt die Haut. Der Skater schüttelt den Kopf, dreht mir den Rücken zu und beginnt zu pissen. Ich klopfe, aber es hilft nichts. Wolf hat sich unsichtbar gemacht, genau wie heute Morgen am See.

*

Wolf sitzt ein Stück von den anderen entfernt. Auf der Grenze. Dort, wo der Schatten der Bäume am Ufer in den Sandstrand übergeht. Wolf mag das Gefühl von Sand zwischen den Zehen. Aber Wolf hasst es, sich einzucremen. Er zieht sich seinen grünen Spiderman-Hoodie tief ins Gesicht. Jetzt kann ihn keiner mehr sehen.

„Ist dir nicht heiß?", fragt Lena.

Wolf antwortet nicht. Lena muss Susi oder Heinz meinen oder Kai oder Lilly. Vielleicht sogar Antje.

„Ist dir nicht heiß, Wolf?"

Wolf spürt, wie jemand sich neben ihn setzt, wie eine kleine Schulter seine große streift und ein winziger elektrischer Schlag einen Weg in seinen Magen findet. Da setzt sich ein Bild in seinem Kopf zusammen, wie wenn er den richtigen Platz für die letzten Teile seines Lieblingspuzzles findet. Teil 97: Wenn Lena den roten Sprinter über Bodenwellen hüpfen lässt, fühlt Wolf sich, als würde er fliegen.

Teil 98: Lena hebt Susi ohne Antjes Hilfe aus dem Rollstuhl – so stark ist sie!

Teil 99: Lena sieht Wolf, obwohl Wolf unsichtbar ist.
Teil 100: Lena liest Wolfs Gedanken.
Wolf hat es die ganze Zeit geahnt, aber erst jetzt ist er sich sicher: Lena hat Superkräfte. Lena ist eine Heldin. Wolf streift seine Kapuze zurück und sieht Lena an. Sie lächelt. Aber nicht wie Antje, die Wolf ansieht, als wäre er ein Kind. Lena wärmt Menschen von innen auf. Wolf stampft mit den Füßen auf und lässt seine Schuhe mit den Klettverschlüssen blinken. Er hat sie selbst ausgesucht und wochenlang darauf gespart. Aber seit Wolf gesehen hat, wie Lena die Schleifen von Susis Schuhen gebunden hat und ihr dabei ganz nah gekommen ist, wünscht er sich auch Schnürschuhe.
„Wenn du ins Wasser willst, musst du den Hoodie ausziehen."
„Muss ich mich dann eincremen?", fragt Wolf.
Lena nickt.
„Dann brauche ich aber wirklich Hilfe."

*

„Willst du einen Witz hören, Wolf?"
Ganz plötzlich ist Susi mit Lilly, die den Rollstuhl schiebt, neben mir aufgetaucht. Susis Haar, das vielleicht noch blond, vielleicht aber auch schon grau ist, sieht zottelig aus. Ihre Brille ist dreckig. Hätte ich darauf bestehen müssen, dass sie sich kämmt und die Brille putzt, bevor wir in den Biergarten gehen?
„Nein", sage ich, „Wolf will keinen Witz hören."
Ich versuche Susi in Richtung des Ausgangs zu schieben, aber sie hat die Bremse ihres Rollstuhls festgestellt.
Der Skater wäscht sich die Hände. Er schaut so angestrengt auf den Boden und an uns vorbei, dass er Lilly anrempelt, als er sich

umdreht. Seine Entschuldigung murmelt er ausschließlich in meine Richtung.

„Macht nichts“, Lillys Augen strahlen, „ich mag deine Schuhe! Aber Wolfs Schuhe mag ich noch mehr.“

Nun hebt der Skater doch den Kopf, aber sein Blick erreicht Lillys Gesicht nicht, sondern bleibt an dem Ketchup-Fleck auf ihrem T-Shirt hängen. Anscheinend kann er nur starren oder wegsehen. Wenn Antje jetzt zurückkommt, kann ich meine Bescheinigung vergessen.

*

Was, wenn der schlammige Boden des Sees voller Wasserpflanzen ist, die Wolf auf den Grund ziehen? Er zögert. Außer ihm sitzt nur noch Susi auf ihrem Liegestuhl am Ufer. Antje liest ihr die Witzseite aus der Zeitung vor. Heinz läuft im knietiefen Wasser auf und ab und dirigiert mit einem Stock eine unsichtbare Blaskapelle. Lilly und Kai haben sich gegenseitig Fischschwänze aus nassem Sand geformt und halten sich bei den Händen. Kai springt auf, um Lilly zu küssen. Jetzt sind beide wieder Menschen. Lena nickt Wolf zu und nimmt seine Hand. Sie zeigt ihm, wie er den glühenden Sand überqueren kann: Alle paar Meter bleibt er stehen und wühlt sich mit den Füßen in eine tiefere, kühle Sandschicht. Es geht langsam vorwärts, aber es geht. Und endlich ist auch Wolf am Wasser.

Er lacht, als Lena ihn mit Seewasser bespritzt, und wagt sich ein Stück vor. Die weißen Plastikbojen, die den Nichtschwimmerbereich vom endlosen Dunkelgrün des Sees abgrenzen, befinden sich jetzt direkt neben ihm. Lena auch. Das

Wasser reicht ihr bis zur Schulter, ihm aber nur bis zur Brust. Er ist überrascht, wie das Wasser sich seinen Bewegungen anpasst, wie es ihm gehorcht und vor ihm ausweicht, als hätte es eigentlich Angst vor ihm und nicht umgekehrt. Wieder spritzt Lena in seine Richtung. Aber jetzt kommt die Rache. Er schiebt sich gegen den Widerstand des Wassers einen Schritt auf Lena zu und legt ihr seine Hände auf die Schultern. Sie lässt sich rückwärts umfallen und Wolf drückt sie sanft unter die Oberfläche. Kai johlt und zeigt ihm vom Land aus einen Daumen nach oben.

*

„Wo ist Wolf?“, fragt Lilly.

„Wolf will, dass ich ihm einen Witz erzähle, und hat sich deshalb in der Kabine eingeschlossen“, erklärt Susi.

Lilly bohrt in der Nase, wie immer, wenn sie nachdenkt.

„Kai muss mit Wolf reden. Er braucht ihn.“

Ich nicke. Vielleicht ist das eine gute Idee.

Zuhause arbeiten Wolf und Kai zusammen in der Friedhofsgärtnerei. Wolf, der selbst bei Nieselregen und Schnee Schubkarren mit Erde oder Laub durch die Gegend schiebt oder volle Gießkannen von Grab zu Grab wuchtet. Kai, der wie ein Flummi neben ihm auf und ab hüpft.

Wolf, der schweigt. Kai, der redet.

„Beste Freunde für immer“, hat Kai Wolf beim Frühstück geschworen.

„Beste Freunde für immer“, hat Wolf geantwortet.

„Kannst du ihn holen?“, frage ich Lilly.

Der Skater verlässt gemeinsam mit Lilly den Raum. Aber er hat das

Wasser nicht abgedreht. Es läuft und läuft.
„Wolf, wenn es wegen heute Mittag ist – "
Ich weiß nicht, wie ich den Satz beenden soll. Meine Hände kribbeln und ich atme ein und ein und ein. Gleichzeitig bekomme ich nicht genug Luft. Schwarze Punkte huschen durch mein Sichtfeld, als wollte die brackige Lichtlosigkeit des Sees mich wieder an sich binden, mich klein kriegen, mich ersticken.

Lilly kehrt mit Kai und aus irgendeinem Grund auch Heinz zurück. Wenn Antje jetzt kommt, findet sie nur einen leeren Biergartentisch vor. Ich umfasse die Griffe von Susis Rollstuhl, eigentlich halte ich mich an ihnen fest.
„Ich brauche dich mal", sagt Kai und klopft an der Klotür.
„Du, Lena?", fragt Susi, „was ist der Unterschied zwischen einem Bäcker und der Werkstatt?"

Ich schüttele den Kopf.
„Beim Bäcker gibt es montags Brötchen, in der Werkstatt Menschen mit Behinderung."
Lilly, Kai, Heinz und Susi lachen. Der Schall bricht sich an den Wänden und klingt viel zu laut.
Hat Wolf hinter der Tür gerade mitgelacht?
„Ich brauche dich mal, Wolf", sagt Kai wieder, in seiner Stimme liegt eine seltsame Dringlichkeit.
„Wegen dem Geschenk", Kai schielt zu Lilly.
„Du hast das Geschenk!"
„Ich kann nicht", brummt Wolf.
Nur drei Worte. Aber wenigstens spricht er wieder.
„Warum nicht?", Lilly zieht die Nase hoch.
Wolf klingt plötzlich nur noch wie ein Wölfchen oder wie ein

Welpe: „Weil Antje und Lena mich dann heimschicken. Weil – dann ist mein Urlaub vorbei.“ Lilly, Kai und Susi sehen einander an. Heinz dreht das Wasser ab.

*

Wolf findet es schön, wie Lenas Haare unter Wasser nach oben steigen, als wollten sie alleine auftauchen. Lena beginnt mit den Armen zu rudern und versucht, seine Hände lösen. Aber so leicht lässt Wolf ihre Schultern nicht los. Er weiß, dass sie nur Spaß macht. Wenn sie wollte, könnte sie seine Hände mit Superkraft abschütteln. In der Ferne sieht er Antje. Sie ist aufgestanden, beschirmt mit der Hand die Augen und blickt in Wolfs Richtung. Lena zappelt immer heftiger und tritt ihn unter Wasser. Aber er hält sie fest. Kai und Lilly feuern ihn vom Strand aus an.

Heinz drischt mit seinem Dirigentenstock auf eine Schlingpflanze ein, die in Wolfs Nähe aus dem Wasser wächst. Er stolpert und der Stock trifft Wolf hart im Rücken. Wolf fährt herum und lässt Lena los. Im selben Moment bricht ihr Kopf durch die Wasseroberfläche und sie schreit, wie er noch nie jemanden schreien gehört hat. Sie kann ihre Lungen gar nicht schnell genug mit Luft füllen und die Luft wieder herausschreien. Wolf taucht unter, doch auch unter Wasser lässt der Schrei ihn nicht los. Da weiß er, dass etwas Schlimmes passiert ist. Und dass das Schlimme seine Schuld ist. Wolf taucht auf und sieht, wie Lena über den Strand rennt. Einmal nur blickt sie sich nach Wolf um und da sieht er etwas in ihren Augen, Angst oder Wut oder beides.

*

Ich kann wieder atmen, aber dafür kaum noch schlucken. „Keiner schickt dich heim, Wolf. Mir ist ja nichts passiert.“ Meine Stimme ist heiser und während ich spreche, kippt sie ganz weg. Hinter der Tür beginnt Wolf zu schluchzen.

„Es war nicht deine Schuld, Wolf.“

Erst in dem Moment, in dem ich es sage, in genau diesem Moment, verstehe ich, dass es die Wahrheit ist.

Jetzt schluchzen wir gemeinsam.

Wolf sperrt die Tür auf.

Kai springt an mir vorbei und umarmt ihn.

„Ich brauche dich mal“, sagt er wieder.

Er tritt einen Schritt zurück und wartet.

Wolf wischt sich die Tränen mit dem Ärmel seines Hoodies aus dem Gesicht und kramt in seiner Hosentasche. Er findet eine durchsichtige Plastikkugel und öffnet sie. Dann legt er einen Ring mit rosa Stein in Kais offene Hand.

Strahlend kniet Kai auf den klebrigen Fliesen vor Lilly nieder: „Willst du mich heiraten?“

Lilly dreht sich um sich selbst und reißt die Arme in die Luft. Susi versprüht ein Duftspray mit dem Namen *Hoffnungsschimmer*. Heinz marschiert vor den Pissoirs auf und ab und dirigiert einen Hochzeitsmarsch.

Als wir zurückkommen, sitzt Antje am Tisch. Vor ihr steht ein Bier, neben ihr ein Berg Einkaufstüten. Der Skater starrt ärgerlich zu uns herüber. Vielleicht hat er sich beschwert.

„Ich habe Lilly einen Heiratsantrag gemacht“, sagt Kai stolz. Antjes Gesicht bleibt eine starre, ausdruckslose Maske.

„Wo wart ihr?“, zischt sie in meine Richtung.
„Auf der Toilette“, sage ich und zucke mit den Schultern.

*

Antje hat die Tür zur Küche nicht vollständig hinter sich geschlossen. Ich stehe an der Schwelle und schaue durch den Spalt. Will sie über die Geschehnisse am See und im Biergarten sprechen? Erwartet sie eine Entschuldigung? Oder hofft sie, dass wir uns zwei letzte Tage lang anschweigen und dann nie wiedersehen? Im Haus ist es still. Die Sonne ist noch nicht ganz untergegangen. Einige müde Strahlen tasten sich durch den Raum. Aber bis zu Antje am Tisch dringen sie nicht vor. Prospekte aus der Touristeninfo liegen verteilt auf der Wachstuchdecke. Auf ihnen Blister mit Medikamenten, die Antje in Pillendöschen mit Fächern für alle Wochentage, morgens, mittags, abends, einsortiert. Die Pillen sind weiß wie Susis Sonnenhut, rosa wie der Stein in Lillys Ring, grün wie Wolfs Hoodie. Zwischendurch schenkt Antje sich Bier aus einer braunen Flasche in ein Glas ein, auf dem ein Schlumpf abgebildet ist. Gerade als ich mich abwenden will, greift sie in die Tasche ihres Kasacks. Eine kleine, flache Flasche, gefüllt mit einer durchsichtigen Flüssigkeit, kommt zum Vorschein. Das Etikett kann ich zwar von hier aus nicht lesen, aber die Ähre kenne ich: Korn. 32 Prozent!

Antje kippt den Inhalt vorsichtig in das Schlumpfglas. Ihre Finger zittern. Sie lässt den Korn wieder verschwinden und die Flasche klirrt leise, als würde sie in der Tasche des Kasacks an weitere ihrer Art stoßen. Antje leert die Bierflasche bis zur Hälfte. Zu gierig, zu schnell. Ich denke an ihre Weigerung, zu fahren, ihre Weigerung, mir den Einkauf zu überlassen, ihre Launen. Die Tür quietscht, als ich sie öffne, und Antje zuckt zusammen. Eine rosa Pille fällt ihr aus der Hand und auf den Boden. Weiß sie, was ich gesehen habe? Ich hebe die Pille auf und lege sie neben das Spülbecken. Fülle ein Glas mit Wasser. Setze mich zu ihr.

„Viel zu tun?", frage ich.

Sie schüttelt den Kopf. Aber die Linie ihrer zusammengepressten Lippen kommt mir nicht so hart vor wie sonst und in ihrem Blick hat sich eine glasige, aber nicht unfreundliche Leere breitgemacht.

„Ich wollte mit dir reden", sage ich.

Antjes Blick bleibt fest auf einen Prospekt der örtlichen Käserei gerichtet.

„Die bieten Führungen an", sagt sie.

Sie führt das Schlumpfglas zum Mund. Wo es gestanden hat, bleibt ein dunkler Ring auf einem Flyer für einen Streichelzoo zurück.

„Tut mir leid", sage ich.

Jetzt sieht Antje doch auf.

„Das mit dem See, meine ich."

Sie mustert mich misstrauisch.

„Weißt du, dass *ich* hier die Verantwortung trage?", einen Moment lang flackert Wut in ihrem Blick auf, „wenn was passiert wäre ..."

„Es tut mir leid", sage ich nochmal.

Die ärgerliche Falte zwischen Antjes aufgemalten Augenbrauen verschwindet wieder.

„Wir machen alle Fehler, oder?"

Ich nicke.

„Lass uns nochmal anfangen", sagt Antje plötzlich und prostet mir mit dem Schlumpfglas zu. Dabei wird ihr Gesicht so weich, wie wenn sie mit Susi spricht. Sie schiebt mir Susis halbgefüllte

Pillendose hin und ich verteile die Pillen, die sie mir vorsortiert hinlegt, auf die winzigen Fächer. Wir schweigen, sortieren und trinken. Durch den Boden meines Wasserglases lese ich die Ankündigung einer Zaubershow und für einen kurzen Moment ist alles gut.

„Ich hatte auch eine Tochter", Antje schenkt sich nach, „im Rollstuhl. Genau wie Susi."

Ich sortiere versehentlich alle Pillen ins Donnerstagsfach, verschlucke mich an meinem Wasser und huste.

Antje? Eine Tochter?

Sie klopft mir auf den Rücken und lächelt. Das erste echte Lächeln, seit wir losgefahren sind. Ihre Hand auf meinem Rücken fühlt sich warm an.

„Und jetzt?", frage ich.

„Wie – jetzt?"

Antje klingt mit einem Mal ungehalten. Aber gleichzeitig scheint ihr aufzufallen, dass ihr Ton den Augenblick zerstört.

„Jetzt hab ich sie nicht mehr."

Sie lehnt sich auf ihrem Stuhl zurück, nimmt wieder einen tiefen Schluck und berührt den Drachen auf ihrem Arm. Zärtlich, als wollte sie ihn streicheln.

„Wieso?", flüstere ich.

Sofort spüre ich, dass ich nicht hätte fragen dürfen. Dass Antje selbst entscheidet, wann und wie viel sie erzählt.

Sie antwortet nicht. Mir fällt auf, wie fleckig Antjes Kasack ist, wie schonungslos der graue Ansatz sich unter ihren schwarz gefärbten Haaren hervorschiebt.

„Wenn ich irgendwie helfen kann."

Ich mache eine vage Geste in Richtung Tisch und weiß nicht, ob ich die Prospekte, die Pillen oder das Spirituosenbier meine. Dabei bleibe ich an der Flasche hängen. Sie fällt und kegelt das Schlumpfglas um. Klebrige Flüssigkeit ergießt sich auf Susis Pillen, die Käserei und die Zaubershow, fließt über den Streichelzoo bis zur Tischkante und tropft auf den Boden. Das Glas rollt hinterher und zerspringt. Ich laufe zur Spüle, um einen Mob zu holen, aber es ist zu spät.

„Lass es einfach“, Antje wird laut, sie schreit fast, „lass mich in Ruhe.“

Ich will die Scherben einsammeln, damit Antje sich nicht schneidet. Aber sie hat schon einen Müllbeutel aufgefaltet und schiebt meine Hände weg. Die Sonne hat sich inzwischen ganz aus dem Zimmer zurückgezogen.

„Weißt du was?“, Antje sieht mir direkt in die Augen und ihre Stimme klingt kälter als Seewasser, „du kannst einfach nicht mit Menschen umgehen.“

*

Wolf liegt in seinem Bett auf dem Rücken und malt mit der Taschenlampe Kreise an die dunkle Zimmerdecke. Er trägt seinen Lieblingsschlafanzug. Den, auf dem das „S“ vom Superman-Cape zu sehen ist. Im anderen Bett liegt Kai und schnarcht. Dabei verziehen sich seine Mundwinkel, als würde er bei jedem Ausatmen lächeln. In der Hand hält er die leere Plastikkugel, aus der Wolf Lillys Ring gezaubert hat. Wolf schaltet die Lampe aus. Der Kreis an der Decke verschwindet. Er schaltet die Lampe ein. Der Kreis erscheint wieder. An – aus – an – aus.

Da hört er Glas in der Küche klirren und Antjes Stimme, die viel zu laut ist. Er versteht nicht, was sie sagt. Aber alle außer Lena sind im Bett. Ist Lena in Schwierigkeiten? Soll er helfen? Es ist so schwer, immer das Richtige zu tun. Oder eigentlich ist es nur schwer, zu wissen, ob das Richtige das Richtige ist. Manchmal kommt ihm alles falsch vor und dunkel. Weil er noch immer ein bisschen Angst hat, dass Antje ihn heimschickt, bleibt er liegen.

An – aus – an – aus.

Wolf hört Schritte auf dem Flur.

„Lena!", ruft er und hofft, dass Kai nicht aufwacht.

Die Schritte verlangsamen sich und der dünne Streifen Licht, der hereinfällt, wird breiter. Vielleicht hat Antje Lena wegen Wolf angeschrien. Wenn das so ist, muss er sie trösten. So, wie sie ihn gestern getröstet hat, als er sich das Knie aufgeschlagen hat und das Erdbeereis ausverkauft war. Als Lena sich auf seine Bettkante setzt, merkt er, dass ihre Wangen nass sind.

„Warum habt ihr euch gestritten?", fragt Wolf.

Er denkt an das klirrende Glas, an Antjes laute Stimme, an Lenas Schrei am Strand. Wolf hasst Streit. Er hält die linke Hand vor die Taschenlampe. Im Lichtkreis an der Decke erscheint ein Raubtier, das die Zähne bleckt. Lena zuckt mit den Schultern.

„Weil ich etwas falsch gemacht habe?"

Wolf sieht Lena lange an. Superhelden machen keine Fehler. Aber Lieblingsmenschen schon. Wolf blickt an die Decke.

„Ich mache immer alles falsch."

„Nicht alles", sagt Lena, „du hast heute einfach die Lage nicht richtig eingeschätzt."

Wolf deckt die Lampe mit seiner Hand ab, bis sie rot glüht vom abgedeckten Licht. Einen Moment lang sitzen sie im Dunklen.

„Aber es war gut, dass du aus der Kabine gekommen bist."

An – aus – an – aus – an.
„Obwohl du Angst hattest."
„Obwohl ich Angst hatte", wiederholt Wolf.
Das Schattentier im Lichtkegel hat sich verändert.
Die Ohren sind länger, die Schnauze kürzer. Jetzt sieht es aus wie ein Hase.
„Woher weißt du, ob du das Richtige tust?"
Lena schweigt so lange, dass er überlegt, ob sie überhaupt antworten wird. Schließlich legt sie ihre Hand auf Wolfs.
„Ich weiß es gar nicht", flüstert sie, „ich hoffe es nur. Und manchmal gelingt es."
Wolf nickt und drückt Lena die Taschenlampe in die Hand. Plötzlich steigt dieses Gefühl in ihm auf, für das er keinen Namen hat. Wie heiße Schokolade im Winter, wie eine Sternschnuppe im dunklen Himmel. Er legt seine Hände zu einem Vogel zusammen, der mit geöffneten Schwingen durch den Lichtkreis fliegt – von Wolf zu Lena.
„Schön, oder?", fragt er.
Lena deckt Wolf zu und streicht die Decke glatt, dort, wo das Superman-Logo ist. Sie schaltet die Lampe aus.
„Ja", sagt sie, „manchmal schon."

Judith Arlt

Vorsicht, Rutschgefahr

Eman Rühl hat die Kehrtwende hinter sich und jagt in großen Sprüngen über den trockenen Meeresboden. Auf den Deich zu. Die Gezeit hat die Kehrtwende auch hinter sich und schickt die Flut vor. Zurück in die Bucht. Auch auf den Deich zu. Wohin sonst? Dem Festland entgegen. Eman Rühl muss ihr zuvorkommen. Um alles in der Welt. Und darüber hinaus. Das lange silberne Haar folgt dem Kopf wie der Schweif dem Kometen. Wenn aber unerwartet eine Böe von West auffrischt, umhüllt es die ganze Gestalt wie ein Gewand, so lang ist es, und zerrt sie vorwärts. Ungestüm wie ein Hund an der Leine. Ein schillerndes Staubgemisch oder ein verschnürtes Paket am Horizont, das ich, ich allein zu dieser Stunde von der Deichkrone aus beobachte. Neben mir rupfen ungeschorene Schafe Gras und schnauben zufrieden. Ihre Köpfe sind gesenkt und die Sinne konzentriert auf das Naheliegende. Was um sie herum geschieht, kümmert sie nicht. Dort draußen trudelt etwas nicht bodennah und richtet sich immer höher auf, nimmt in der Mitte zu wie der Faden auf der Spule. Oder eine Spindel. Wirbelnd auf Zehenspitzen. Mit erhobenen Armen, ausgestreckten Händen, zierlich schlanken Fingern – eine Ballerina von bemerkenswerter Statur! Aber vielleicht scheint es mir nur so. Vielleicht nur mir. Vielleicht ist die Luftunruhe meine Einbildung. Ich warte auf das Wasser und habe, wie alle hier am Wattenmeer, unendlich viel Geduld und unendlich viel Fantasie. In Ermangelung von Gedrucktem lesen wir im Zenit oder im Hitzeflimmern der Kimm, deuten Vibrationen von Dampf und Glut, nehmen das Funkeln der Sterne für bare Münze.

*****

Die Nacht verbrachte ich im Gras liegend, auf der flach auslaufenden Böschung, der See zugewandt, und starrte in den Himmel. Ich hörte unter mir das Wasser gehen und sah über mir die Meteoriten kommen. Es wurden immer mehr. Sie bildeten Schwärme und fielen in Schauern nieder, ohne mich zu treffen. Sie befeuerten sich gegenseitig, schossen schräg hinab, die meisten von rechts oben nach links unten, von Nord nach Süd also, sagte mein hellwacher Geist und überprüfte die Koordinaten. Vereinzelte Boliden störten die Ordnung und zielten in die andere Richtung. Legten die Lunte von oben links nach unten rechts. Das Flackern im Kreuzstich war so aufregend, dass ich kein Auge schließen konnte. Der Bann ließ erst nach, als die graue Stunde anbrach und alle Irrlichter wie auf Knopfdruck erloschen. Es wurde dunkel und still. Ich erhob mich taumelnd. Von allen guten Geistern verlassen wollte ich sofort ins Wasser, mich abkühlen, die starren Glieder lockern, schwimmen! Möglichst weit hinaus. Aber die Bucht war leer, das Watt trocken.

Noch niemand wach. Oder alle Schnatternden viel zu weit draußen. Die Watvögel, die am Spülsaum leben und mit der Flut, auch sie, an Land kommen. Es war nichts zu sehen und nichts zu hören. Also erklomm ich den Deich und setzte mich zu den Schafen.

Die Nacht ist zu schnell vergangen, denke ich, so ganz ohne Schlaf. Und vielleicht ist das, was ich jetzt in der Ferne sehe, der Preis dafür. Eine optische Täuschung. Tautropfen oder Nachbeben. Ein Echo des Blitzgewitters oder das wahre Bild der Ewigkeit. Eine Illusion, die mein überreiztes Hirn aus dem Innersten hervorkehrt, um Ruhe zu geben. Eman Rühl hat die Kehrtwende hinter sich und jagt geradewegs auf mich zu.

* * * * *

Wie der Name vermuten lässt, stammt Eman Rühl aus Witten. Von den Vorfahren sind diverse Rudolfe bekannt, Riedel, Rexe, Rullmänner. Wehrhafte Kerle, stark wie Wölfe, strahlend wie Götter, mit Blut an den Händen wie alle Sieger. Rule Scharflippe, Rüdiger Eselsmaul und wie sie alle hießen. Aber keine einzige Frau! Bis auf Mutter Rühl, die sich Rühl, dem Vater, widersetzte und ihrem Kind den Namen Emanu-Eli gab. Dieser Akt bewahrte sie, sie allein unter all den Müttern, Großmüttern, Töchtern, Schwestern, Geliebten und erbrechtlich Getrauten, vor dem Vergessen. Vor dem Vergessen in der Familie, vor dem Vergessen im Dorf, in der Stadt, im ganzen Kreis. Kein Kind hat je so einen Namen getragen, kein Beamter musste je so einen Namen niederschreiben und in die Akten aufnehmen. Ein Doppelname? Geschlechtsneutral? Mit Bindestrich und Binnenmajuskel? End-i? Ein Kosename? Buchstabenungetüm? Jenseits von Tradition und Moral? „Nein!“, protestierte der greise Schreiber und Mutter Rühl schrie das halbe Wittener Hohe Haus zusammen. Der Bürgermeister erschien unter der Tür, gefolgt von seiner erschrockenen Sekretärin, was denn dieser Lärm zu bedeuten habe. Vater Rühl war auf Arbeit unter Tage und das Kind lag schlafend im Arm der Mutter. Einzig zufrieden mitten in dem furchtbaren Aufruhr. „Nicht mit Bindestrich!“, wiederholte der Schreiber und schüttelte seinen kahlen Kopf. Mutter Rühl ballte die Faust. „Nicht mit groß E und klein i.“ So etwas sei ihm in seinem ganzen Berufsleben nicht untergekommen. Das Amt war hilflos, auch der herbeibeorderte Landjäger konnte nichts ausrichten. Rühl, die Mutter, stampfte mit dem Fuß auf den Boden. Hier würde sie stehen und warten, bis ihr Kind registriert sei. Sie verstummte und wiegte das Neugeborene. Schließlich gab der Bürgermeister dem Schreiber ein Zeichen und der zog Tinte in seine Feder. Mit sicherer Hand folgte er dem Diktat. „Emanu-Eli, Abkömmling der Dietlinde, geborene Dürmüller, und des Othmar Rühl.

* * * * *

Das Meer ist noch nicht da, weder spiegelglatt, sanft und einladend, noch aufgebracht, wild und schäumend. Niemand kann sich in dieser Stille das Ohrenbetäubende vorstellen, das den Sturm ausmacht. Auch ich nicht. Niemand wittert in der Weite einer leeren Bucht die Zerstörungswut überhaushoher Wellen. Das Wasser schwillt bereits an, ich weiß es, stetig und unaufhaltsam. Ich sehe es nicht, aber die Erfahrung sitzt in der Seele und korrigiert mein Sehvermögen. Die Katastrophe ist nicht mehr zu verhindern, auch wenn noch nichts sie ankündigt. Nicht das leiseste Grollen in der Luft. Kein Trappeln am Himmel, kein fliegender Bote. Keine kochende Erde. Die Flut folgt festen Regeln und füllt zuerst die tiefliegenden Rinnen. Ihr Takt ist vorgegeben und sie hat nichts zu befürchten. Mein Hoffen ist folgenlos. Eman Rühl jedoch muss alles befürchten und kann verlieren, wovon ich nicht die leiseste Ahnung habe. Was ich sehe oder zu sehen meine, überfordert meinen Verstand. Eman Rühl muss schneller sein. Schneller als die Nacht, schneller als das Wasser, schneller als das Licht. Schneller als das Auflaufen, schneller als das Auflauern, schneller als das Aufhellen. Schneller als mein Denken, schneller als mein Staunen, schneller als mein Entsetzen. Eman Rühl muss vor der Flut ankommen. So einfach ist es und doch kaum zu fassen.

Beide, die Flut und Eman Rühl, bewegen sich zu dieser Stunde in derselben Richtung. Das kommt selten vor, so gut wie nie. Brav hintereinander her, scheinbar ohne böse Absicht.

Eman Rühl hat einen winzigen Vorsprung und darf ihn nicht verspielen, keinen Millimeter, keine Sekunde. Das Verb trügt, es ist kein Spiel. Kein Tanz. Kein Sonntagsspaziergang. Kein Wettrennen, keine Treibjagd, kein Volksfest. Die Ehrentribüne steht nur auf dem Foto in der Werbung. Hier führen die Stufen hinab. Vom Deich über die Steine ins Watt. Oder ins Meer, in die weite See. Diese Stufen sind zementiert für alle Zeiten. Und für die Zuschauer, die an diesem Morgen noch schlafen. Zeugen sind nicht erschienen, auch keine Linienrichter. Die Lebensretter haben ihre Fahne noch nicht gehisst, also sind auch sie nicht auf ihrem Posten. Zu dieser Stunde! Sie brauchen Wasser für ihren Einsatz, mindestens hüfthoch, vorher ertrinkt keiner. Die Strandkörbe stehen in Reih und Glied auf dem Grasdeich. Mit dem Rücken zur Bucht. Die Bucht ist leer, der Strand ist leer, die Körbe sind leer. An der Westküste geht die Sonne über dem Festland auf. Die Marschmusik sitzt noch im Koffer und trommelt probeweise gegen den Deckel. Sponsoren springen auf und ab. Die Preise purzeln oder werden nicht ausgelobt. Weder ein erster noch ein zweiter, dritter, vierter … noch der letzte, den Kleinsten zum Trost. Nichts ist überliefert und alles reiner Zufall. Auch meine Anwesenheit. Es ist kein Spiel. Sondern bitterer Ernst. Stolpern verboten!

Würden sie im Gleichschritt kommen, die Gezeit und die Gestalt, in meinem Angesicht, und würden sie im Gleichschritt wieder gehen, könnten sie zweimal täglich, jahraus, jahrein, in der Bucht ihren Wattlauf austragen. Regelmäßig und unauffällig, wie alles, was Routine geworden von niemandem mehr zur Kenntnis genommen wird. Die Wattenmeertide tritt an gegen die Wattenmeerfigur. Ein unschuldiges Spektakel wie das der Mädchen am Sonntag auf der Wippe, selbstvergessen singend im Auf und Ab und Hin und Her, mit flatternden Röckchen, weißen Söckchen, bunten Schleifchen, blonden Zöpfchen ... Aber sie kommen nicht im Gleichschritt! Sie bewegen sich nicht synchron und sind nicht ebenbürtig. Im Gegenteil! Die Gestalt fürchtet die Gezeit, statt sich mit ihr zu verbünden.

Und die Gezeit, einzigartig eitel, verachtet jede Gestalt, die sich ihr in den Weg stellt. Jeden Gegenstand, jeden Rettungsring, jeden Schwimmflügel, jeden Fischerkahn, jedes Ausflugsboot. Uninteressiert allem Artfremden gegenüber. Nur im Märchen siegt das Glück. Am Wattenmeer herrschen weder gute noch böse Kräfte, nur natürliche. Fliehkraft und Zentralkraft heben sich hier nicht auf. Weder befinden wir uns im Stillstand noch in der Stringenz. Die Gezeit kennt nur Ebbe und Flut, das einsilbige Hin und Her, das geregelte Auf und Ab. Eman Rühl aber beschreibt eine ganz andere geometrische Figur und braucht für einen Umlauf unvorstellbar viel mehr Zeit, unvorstellbar viel mehr Kraft, unvorstellbar viel mehr Raum. So nah wie heut kommen sich die beiden in meinem Leben nie wieder. Auch davon habe ich keine Ahnung.

Unten am Deich liegen Steine, schwere Basaltblöcke. Die Deicharbeiter setzen sie nach jedem Sturm wieder akkurat kantig gegen- und übereinander. Sie machen das von Hand, denn anders geht es nicht, und nennen ihr Werk zärtlich „Igel". Um diesen Steinigel kümmern sie sich fürsorglicher als um ihre Kinder. Er stabilisiert den Deichfuß und sichert das Hinterland auf der ganzen Länge der

Küstenlinie. Stachelig und unnahbar. Kein Fuß überschreitet ihn. Nur an den wenigen, offiziell ausgewiesenen Badestellen ist sein Rücken gebrochen. Unterbrochen. Dort sind ein paar Blöcke wieder herausgehauen und stattdessen Stufen aus Zement hineingegossen, so breit, dass zwei Menschen aneinander vorbeikommen, ohne sich berühren zu müssen. Wer im Watt wandern oder im Meer schwimmen will, geht diese Stufen hinunter. Wer genug davon hat, steigt die Stufen wieder hoch und geht nach Hause. Oder legt sich auf den Deich in die pralle Sonne.

Bei Ebbe liegt der Wattboden frei, ist aber nicht gleichmäßig trittfest. Es ist kein Waldboden, obwohl auch das Watt weich wie Moos sein kann. Es ist keine blühende Almwiese, obwohl auch hier zuweilen Algen blühen. Trockener Schlick wechselt mit nassem Schlick. Schlicklöcher sind hinterlistig und öffnen sich ohne Vorwarnung. Die Priele wandern im Winter und stauchen den Wattsockel. Strömungsrippel und Windrippel zeichnen ästhetische Muster, sind aber durchsetzt von messerscharfen Scherben, zerbrochenen Muschelschalen. Bei Flut füllen die Wassermassen die Bucht und überfallen den halben Igel, je nach Sonnen- und Mondstand ersäufen sie ihn ganz. Mit mörderischer Lust! Zu Beginn der Badesaison schrauben die Hüter des Gesetzes Handläufe an, einen zur Linken der Treppe für die Linkshänder und einen zur Rechten für die Rechtshänder, sowie oben auf Augenhöhe zwei Warntafeln. Eine gelbe und eine rote. Der Sommer hat schon begonnen. Eman Rühl ist noch weit draußen und kann kaum erkennen, wovor die Dreiecke warnen. Ich weiß es auswendig. Sie wenden sich an die Badegäste, die vom Festland anreisen. Ob die lesen können und der Landessprache mächtig sind, wird nicht überprüft. Sie bezahlen für das Parken, nicht für das Vergnügen, klettern in Badelatschen aus den

Kombis und schleppen bauchige Badetaschen über den Deich. Am grünen Strand werden sie über alle Gefahren aufgeklärt und tragen fortan die Verantwortung für ihr Tun selbst. Eman Rühl aber kommt von der Seeseite und läuft gerade das totale Risiko. Das Risiko, hinterrücks von der Flut überrollt, und das Risiko, von der aufgehenden Sonne geblendet zu werden. Im schlimmsten Fall geschieht das eine und das andere gleichzeitig. Eine unglückliche Verkettung widriger Umstände. Eman Rühl bewegt sich von einer Kehrtwende zur nächsten.

II

Der Schlick ist unruhig. Er wabert und glänzt. Knistert. Algen und Krebse haben die Nacht durchgearbeitet. Stolz im Akkord fertigen sie ihre Auslegeware! Sie folgen immer der Ebbe und fangen sofort an zu weben, kaum weicht das Wasser vom Deichfuß. Ungeachtet der Tageszeit befestigen sie ihr glitschiges Werk am ersten Basaltklotz des Igels. Damit es nicht verrutscht und keine Stolperfalten wirft. Wo der Steinigel unterbrochen ist, kleben sie die Fransen an die unterste Stufe der Zementtreppe. Dann rollen sie ihren stets frisch geknüpften bunt gemusterten Teppich aus. Zentimeter um Zentimeter im Gleichschritt mit der Gezeit, mit der Wasserlinie, die jetzt ohne jede Angriffslust auf dem Rückzug ist. Bis weit in die Bucht hinaus legen sie ihre Matte. Auf der ganzen Breite und in der ganzen Länge. Soweit das Auge reicht. Soweit die Ebbe flieht. Wenn die Gäste vom Festland eintreffen und die Kinder übermütig ins Watt stürmen, haben die Kieselalgen bereits ganze Arbeit geleistet. Das laute Geschrei aus schlickverschmierten Gesichtern verhallt folgenlos. Die Algen beschäftigen Hundertschaften von unsichtbaren Helfern und Helfershelfern.

Heerscharen von Schleimproduzenten und Schadstoffbindern, Sulfatreduzierern, Schwefelabbauern. Putzkolonnen! Ein- oder Wenigzeller. Krebse. Würmer. Bakterien. Rädertierchen, Kiefermündchen, Fadenwürmer, Ruderfußkrebse, Purpurbakterien, Strudelwürmer, Wimpertierchen, Muschelkrebse, Pfeilwürmer, Schlickkrebse, Cyanobakterien. Auch das Kollektiv dieser Winzlinge ist abhängig von der Gezeit und kann sein Werk nur fortsetzen, solange das Wasser fort ist. Wenn Kinder über den roten Teppich tollen, auf ihm herumstampfen und Fäden herausziehen, wird jede

Schwachstelle umgehend ausgebessert, jeder Riss zugenäht, jedes Loch gestopft. Dazu stehen unzählige Soforthelfer mit Nadeln und Garn bereit. Wenn aber die Flut kommt und ihre

Wassermassen rücksichtslos über die Werktätigen und ihr Wunderwerk schleudert, ist Pause angesagt. Einkehr! Um die ertrinkenden Kinder müssen sich dann andere Ersthelfer kümmern! Die Rettungsschwimmer treten ihren Dienst mit dem aufgelaufenen Wasser an, spannen den weithin sichtbaren signalrotgestreiften Sonnenschirm auf und setzen sich auf ihren Hochsitz. Sie arbeiten freiwillig im Auftrag der Allgemeinheit. Die Algen und ihr Gefolge aber arbeiten eigenverantwortlich und sind hochsensible Bioindikatoren. Sie können ihren Teppich nur auf dem trocken gefallenen Wattboden weben und sind dort schadstoffbelasteten Sedimenten schutzlos ausgeliefert. Rückstandsöl lähmt ihre Fingerfertigkeit und Schwermetalle stören die kognitiven Fähigkeiten. Instabile Nuklide oder radioaktive Emanationen bedrohen den Reproduktionserfolg nachhaltig. Bei Hochwasser lassen sie sich deshalb gerne treiben, säubern und umsorgen, sammeln neue Kräfte, neue Impulse, strudeln sich gegenseitig Beute zu und warten auf die Kehrtwende. Sie harren aus, bis die Ebbe den Webstuhl wieder freigibt, und hoffen, dass keine toxischen Ablagerungen ihren Knüpftisch verunreinigen. Bei Hohlebbe feiern sie Hochzeit und der Sozialverband jubelt. Die Leistung wird auf ein Maximum hochgefahren und die durchschnittliche Norm um ein Vielfaches übererfüllt. Aber auch der dichteste, stabilste, feinstverschlungene Flor widersteht nicht der nächsten Flut. Der erste heftige Wellenschlag zerstört jeden Teppich. Zweimal am Tag. Jahraus, jahrein. Unwiderruflich, brutal und ungerührt. Das Salz frisst sich Stück für Stück durch jeden Knoten, löst jede noch so kunstvolle Querverbindung und spült auch den perfekten Speichelkleber der Schlickkrebse weg wie nichts. Opfer müssen gebracht werden, heißt die Devise der Gezeit. Wer schwimmen kann, braucht keinen hochwertigen Fußabtreter im Meer. Und wer nicht schwimmen kann, hat in der überkopfhohen See nichts mehr zu suchen.

Eman Rühl läuft und keucht. Hechelt. Springt. Jagt. Schnappt nach Luft. Die graue Stunde drängt. Die Gezeit drängt. Die Flut drängt. Das Wasser drängt. Die Gefahr drängt von allen Seiten, aber am Schlimmsten im Boden unter den Füßen. Der Schlick wird immer schmieriger, immer schwerer, immer schwärzer. Noch haben die Algen nicht aufgegeben. Noch ist ihr Teppich kompakt. Er fängt aber bereits als Ganzes an zu schlingern beim leidlichen Versuch, die Unrast im Wattsockel abzufedern. Noch gelingt es. An tieferen Stellen bilden sich schon Tümpel und Fallen, an höheren liegt noch feinkörniger Sand, Buschsand, Hakensand, Treibsand. Es gibt ein falsches Tief und ein richtiges Tief. Eman Rühl hat nur eine Lunge und nur einen Flügel. Die andere Lunge oder das, was von ihr übrig ist, bewahrt das Universitätsklinikum Bergmannsheil in Wiemelhausen auf. Für weitere Forschungszwecke, in Formalin eingelegt und beschriftet: Name des Spenders, Kurzfassung der Diagnose, Datum der Entnahme. Eman Rühl röchelt. Schlicklöcher sind unberechenbar. Sie verschlingen halbe oder ganze Beine, zwingen Unschuldige in die Knie, rauben Atem und wertvolle Zeit. Der runde Mond steht im purpurnen Gegenteil und geht unter. Klaglos. Die graue Stunde zeigt ihr wahres Gesicht nie. Sie hat keine Konturen und die Dämmerung verliert in ihrer Gegenwart jede Daseinsberechtigung. Die Sonne hängt noch zwischen den schwarzen Stämmen des Bruchwalds und verschafft Eman Rühl etwas Luft. Auf sie ist kein Verlass und darin besteht die Hoffnung des Tages. An der

Wattenmeerküste kommt die Sonne von weither und nie pünktlich wie die Flut. Sie geht hinter den Deichen und hinter den Häfen auf. Hinter dem neuen Deich und hinter dem alten Deich, hinter dem neuen Hafen und hinter dem alten Hafen. Hinter dem Getreidesilo und hinter dem einzigen Kirchturm weit und breit. Die Bucht bleibt jeden Morgen lange kühl und schattig, manchmal auch den ganzen Tag. Wenn die Sonne im Landesinnern trödelt. Wenn sie den Verlockungen eines Melkburschen folgt. Wenn ein Flächenbrand droht oder das Maisfeld zu früh abgeerntet ist. Wenn sie auf Steigungsregen wartet, um danach umso strahlender aus dem feuchten Nebel der Lebermoose zu treten. Auch die Sonne ist eitel und duldet keine Konkurrenz. Das erste Licht ist bereits verschluckt. Der Algenteppich sieht plötzlich aus wie ein tiefgefrorener Lachs. Die Nacht ist hin und der Tag noch fern.

*****

Eman Rühl hat die Fähigkeit, Farben zu sehen, früh verloren oder nie besessen. Der Vater, Othmar Rühl, war nach den Turbulenzen in der unteren Amtsstube entschlossen, das Kind zu einem richtigen Mann zu erziehen. Den einmal eingetragenen Vornamen durfte er nicht mehr ändern. Aber er konnte ihn entrunden, beugen, im täglichen Gebrauch verkürzen und mit harter Hand bis zur letzten Konsequenz abrichten. Den öffentlichen Skandal würde er aussitzen. Seiner Dietlinde verbot er jedes weitere Wort und stellte sie unter Hausarrest. Es sei schließlich ein Junge, behauptete Othmar, und der gehöre in die Grube. Zu den Kumpels. Er könne Hilfsarbeiten verrichten, als Lesejunge oder Sauberjunge. An der Klaubertafel. So lange er klein und wendig sei, sei er bestens geeignet, alle Tastlöcher zu finden und zu überprüfen. Mutter Rühl schwieg, wie ihr befohlen. Die Dürmüllertochter kannte das Berggesetz und den Unmut der Männer nur zu gut. Man würde ja sehen, dachte sie, im Dorf und bei der Direktion. Frauen, heißt es, bringen Unglück im Berg. Von Grubenbeben über Dammbrüche bis zu Gasexplosionen war alles möglich. Jederzeit!

Technische Probleme bei der Bewetterung, Schlamperei mit den Wassertrögen, was wusste sie schon von den Sicherheitsvorkehrungen in den Stollen. Sie blieb stumm und gefasst. Niemand würde dem Kind den Namen nehmen! Es bekümmerte sie einzig, dass es, kaum konnte es auf den eigenen Beinen stehen, in eine lichtlose Welt geschickt wurde, unter Tage zwischen Schwarz und Weiß aufwuchs, zwischen Kohlenstaub und Bergmannsleinen, mit Schienbeinschonern und Arschleder. Jeden Abend wurde es nach Hause gebracht, begleitet von den Älteren. Und wenn Vater Rühl Nachtschicht hatte, kroch es zur Mutter ins Bett.

* * * * *

Die feinsten Verästelungen führen schon Wasser und spalten perlend wie Haarrisse das Wattenhoch. Wo sie sich zusammenschließen, legt sich ein klarer Film über den Matsch und über die Schleimknoten. Jungfräulich dünn und durchsichtig! Eman Rühl weicht erschrocken aus, will nicht hineinplatzen in eine Pfütze, fürchtet die Sauerei, den Schlamm, das Gespritze. Aber auch die Untiefe ist hinterhältig, der liegende Spiegel, das stehende Gewässer! Eman Rühl setzt an zum Sprung und setzt mit letzter Kraft über. Das Bild im Boden zittert unentschlossen, bis es endlich den fahlen Himmel fokussiert, ihn herabholt in seiner erbärmlichen Blässe, ihn entthront und verbannt unter das Seekartennull. Die Durchzügler lässt es durchziehen, auch die Wolken. Sie sind in unterschiedlichen Formationen in unterschiedliche Richtungen unterwegs. Die Fressfeinde verlieren schnell die Witterung. Eman Rühl atmet schwer und hebt wieder eine Ferse. Jetzt nur nicht stehenbleiben! Das Sprungbein schwebt in Zeitlupe in die Höhe und das Standbein sinkt in Zeitlupe in den Schlick. Schweiß perlt über den Rücken, der Kopf ist nach vorne gebeugt, die Arme halten angewinkelt das Gleichgewicht. Das Haar fällt über die Stirn, verschattet das Gesicht, verbirgt die gewaltig schwankenden Brüste, die ganze nackte Gestalt und das Geschlecht, so lang ist es, das Haar, weiß oder silbern, aber eigentlich durchsichtig. Mit einem Ruck und einem noch nie gehörten Schrei zieht Eman Rühl das Bein hoch. Die Schafe auf dem Deich heben die Köpfe. Ein schwarzer Stiefel hängt am Fuß! Der zweite wartet bestimmt im nächsten Hinterhalt, im nächsten Schlickloch, und ist vielleicht signalgelb. Es stinkt nach ungekochten Eiern. Eman Rühl hat noch nicht gefrühstückt. Der Schlick lebt und ist hungriger als ein Wal. Nun hebt Eman Rühl den gestiefelten Fuß und der andere sinkt. Bloß und unbesohlt. Die Wolken lösen sich unvermittelt auf. Die Wildgänse fliegen in die Tundra. Auch Tretmühlen sind ein Zeichen der Zeit. Halbflüssiger Schlick quillt durch die Zehenzwischenräume. Es sind Webfehler oder Schlagwerke.

* * * * *

Wenn Vater Rühl von der Nachtschicht nach Hause kam und das Kind im Bett der Mutter fand, schlug er es halbtot. Er zog es mit seinen ungewaschenen Pranken unter der Decke hervor, setzte es auf die Bettkante und ohrfeigte es von links und von rechts so lange, bis es ohne zu stottern „Guten Morgen, Papa!“ sagte. Der Bub – es war ja ein Bub! – musste sich ausziehen, den bettwarmen

Schlafanzug ordentlich zusammenfalten und die Beine spreizen. Othmar Rühl packte es, das Ding, das er gezeugt, im Schritt, schob den Daumen in den Spalt vorne und den Mittelfinger in das Loch hinten, hob und schüttelte das Bündel, das keinen Laut mehr von sich gab, und prügelte ihm das Eli Eli aus dem Leib. Er schlug mit der Linken, die Rechte war ins Gesäß verkrallt, blut- und kotverschmiert. Für jeden Tropfen Urin gab es mindestens zehn zusätzliche Boxhiebe in den Bauch, auf den Kopf, in die Rippen. Dietlinde presste die Fäuste auf die Ohren und drehte sich zur Wand. Sie wusste, dass sie als Nächste an der Reihe war. Das Kind wusste es auch. Es wusste alles.

„Lossagen!", schrie der Vater und ließ das Kind los. Er schüttelte voller Ekel seine rechte Hand aus. Das Kind schlug wie ein Stein auf den Holzdielen auf. Etwas krachte und splitterte. Das Kind regte sich nicht mehr. Der Vater trat es mit den Füßen, rollte es hin und her. „Lossagen!", wiederholte er mit gepresster Stimme. „Lossagen!", zischte er. Immer leiser. Immer schärfer. „Lossagen!" Von jedem Eli Eli, von Bindestrichen, Gedankenstrichen, Spiegelstrichen. Und allen anderen Strichen. Lossagen von dem ganzen Blödsinn. „Lossagen!!!", brüllte er noch einmal aus voller Brust und fiel vornüber.

* * * * *

Der blaue Priel rauscht bereits wie ein wahrer Strom. Es ist das letzte Hindernis auf dem Weg zum grünen Deich. Zu der Badetreppe, an deren oberem Ende eine Fußdusche installiert ist. Eman Rühl hält vor dem Priel inne und holt tief Luft. Der Priel ist breit und tief. Die erste Rinne, die mit dem auflaufenden Wasser befahrbar wird. Für die Segelboote und die Krabbenkutter. Für die Küstenwache und den Seenotretter. Für alle Ungeduldigen. Für die Himmelsboten, Sternschnuppen, Geisterseher, Geistheiler, die Einflügelschweife und doppelten Regenbogen. Die verbliebene Lunge ist auch angegriffen. Vor verstopften Bläschen haben die Doktoren gewarnt und Eman Rühl ins Reizklima geschickt. Aber sogar das Atmen auf Normalnull fällt schwer. Eigentlich streift Eman Rühl nur den äußersten Rand des Spektrums und folgt strikt der Vorsehung. Nie einer Verordnung oder Versuchung. Der blaue Priel muss durchschritten werden. Eman Rühl hebt ergeben die Hände und steigt hinein. Zuerst mit dem schwarzen, dann mit dem gelben Bein. Die Sohlen der Gummistiefel sind dick und schützen die Füße vor den skalpellscharfen Austernschalen. In der Mitte ist das Schlimmste überstanden, der Sog ist arg und zieht nach links, nach Süden. Eman Rühl ist ärger, arglistiger und beginnt den Anstieg ans andere Ufer. Die Arme rudern. Wind kommt auf vom Land und teilt das Haar, das Gleichgewicht, das freie Magnetfeld und den Lagerraum des Eisenwarenhändlers.

Positionslichter blinken und legen falsche Fährten, zerstreuen die Reflexstreifen der roten Tide, verteilen uralte Abgaswolken, Feuerquallen, Leuchtsignale. Schicken Irrläufer über Irrläufer ins Watt. Überreste des letzten Wellengangs. Oder Vorläufer der letzten Generation.

III

Hinter dem Deich verbreiten ganz normale Straßenlaternen elektrisches Licht. Die Sonne ist noch nicht da. Das Hafengelände ist aus Sicherheitsgründen an das Stromnetz angeschlossen. Der Hafenmeister steckt sich gerade die erste Zigarette an. Er ist auf dem ersten Rundgang, vor dem ersten Kaffee. So sind die Vorschriften. Die Tore sind offen, aber vom Wasser weit und breit nichts zu sehen. Kein Wind. Absolute Stille. Die Segler, denkt der Hafenmeister, können frühestens in drei Stunden losmachen. Sie schlafen noch. Er spuckt ins Hafenbecken und kehrt zurück in seine Kammer. Falls sie dann noch losmachen können! Erklärt er sich selbst. Hier kann ihn niemand hören. Er setzt Wasser auf, schnippt die Asche in den Ausguss, drückt den Stummel darüber aus und füllt die Kaffeemühle. Er brüht jeden Morgen eine Kanne Kaffee aus frisch gemahlenen Bohnen.

Die reicht bis zum Mittag. Die Mühle ist aus Holz und funktioniert von Hand. Ein Vermächtnis der Familie. Er dreht geduldig die Kurbel, bis das Wasser kocht. Dann zieht er die kleine Schublade heraus und nickt zufrieden. Jeden Morgen dasselbe Prozedere. Das Pulver ist perfekt, nicht zu fein und nicht zu grob. Er kippt es in den Filter und gießt das sprudelnde Wasser darüber. Bis es durchgelaufen ist, will er Nachrichten hören. Er schaltet den kleinen Weltempfänger ein. Es knistert und rauscht. Der Hafenmeister flucht und hustet. Er dreht am Regler, stellt das Gerät ans Fenster, richtet die Antenne aus.

Vergeblich. Aus allen Himmelsrichtungen kommt nur unverständliches Rauschen und Knistern. Alle Frequenzen sind gestört.

Die Schafe auf dem Deich tragen noch ihre Winterwolle. Solange sie genug Futter finden, ist ihnen weder kalt noch warm. Ich sitze mit angezogenen Knien neben ihnen. Kaffeeduft zieht vom Kontrollturm herüber. Also ist der Hafenmeister da und bin ich nicht allein. Aus alter Gewohnheit zähle ich Seevögel. Sie stochern nach Würmern im Watt. Das Wasser ist noch nicht da. Sie müssen, wollen sie nicht elendiglich zugrunde gehen, ihren Hunger am Wattenmeer zuweilen mitten in der Nacht stillen. Sich der Gezeit unterwerfen, auch sie.

Bei tiefster Dunkelheit oder mitten am Tag Nahrung suchen. Auf dem eiskalten oder zur Mittagszeit glühend heißen Wattboden. Sie müssen ihren Schlaf- und Wachrhythmus an den Rhythmus des auf- und ablaufenden Wassers anpassen. Zufällig Zugeflogene, immer wieder Durchziehende oder Eingewanderte lernen erstaunlich schnell und geben über Generationen Kodiertes widerstandslos auf. Bei Gefahr stellt sich automatisch ihr Ruhepuls ein. Nur der Instinkt erkennt Gesetzmäßigkeiten. Die Vögel verschwinden rechtzeitig vor jedem Hochwasser und verkriechen sich bei den Marschbauern, hocken in den Kartoffeläckern oder hinter riesigen Scheunentoren. Sturm ist angesagt. Ich weiß es. Aber noch fressen die Austernfischer. Die Warnmeldungen sind bereits veröffentlicht. Die Menschen im Hinterland sollen Fenster und Türen schließen und in ihren Häusern bleiben. Kaum zu glauben! Nicht das leiseste Anzeichen von einem aufbrausenden Gemüt. Von Orkanböen, turmhohen Wellen. Wer kein Haus hat, braucht jetzt keines mehr! So weit das Auge reicht, pure Gottverlassenheit! Nur Eman Rühl, zwischen zwei Sprüngen, schon zum Greifen nahe, hängt schräg in der Luft mit seltsam fuchtelnden Armen und strampelnden Beinen. Ich traue meinen Sinnen nicht. Ein Kind? Ein Flugobjekt? Ein

Speiklumpen? Der eine Fuß ist gelb, der andere schwarz. Das Haar tropft grün zu Boden. Ein bunter Vogel?

Ich traue meinen Augen nicht und schließe sie. Die Stille trügt, der Schein trügt. Die graue Stunde trügt. Der grüne Schimmer trügt. Es sind Leuchtalgen aus dem Kronenloch. Sie schwimmen vor Tagesanbruch im blauen Priel, auch sie! Eman Rühl hat ihn durchquert und ist fast in Sicherheit. Es ist immer noch nicht hell!

* * * * *

Über die Jahre wuchs das Kind zu einem guten Kumpel heran. Es kannte nichts anderes als die Arbeit unter Tage. Es fürchtete das Licht mehr als die Schläge. In die Schule wurde es geschickt, bis die Brüste zu wachsen anfingen. Der Name schrumpfte kontinuierlich.

Zunächst in den Hänseleien auf dem Pausenhof. Dann in der Stechuhr. Sobald es nicht mehr Kinderarbeit leistete, wurde es bezahlt für jede Stunde. Auf den Lohnblättern der Grube war kein Platz für einen Vornamen. Die Bergleute wurden mit Initialen geführt. OR war Rühl der Vater, ER Rühl das Kind. Sag ich's doch, triumphierte der Vater, als ihm das Kind das erste Geld ablieferte. ER ist ein Bub! Ein Mann!

Der Klärteich brach an einem späten Sonntagnachmittag ein. In der Grube wurde rund um die Uhr an sieben Tage der Woche gearbeitet. Othmar Rühl verrichtete gerne Sonntagsdienste, wenn's sein musste, auch doppelte Schichten. So konnte er einen fetten Zuschlag einstreichen und musste den Tag nicht mit der störrischen Familie verbringen. An jenem Sonntag hatte er die Frühschicht einem Kumpel abgetreten, der zu Schwiegermutters Geburtstagstafel geladen war. Geh nur, lachte Othmar, wenn dir das Spaß macht!

Und sie machten es wie immer. Unkompliziert. Unter sich. Tauschten am Vortag die Karten und der eine stempelte sich als der andere ein und der andere als der eine aus. Wasser und Schlamm füllten die Grube so schnell, dass nur die Wenigsten sich selbst retten konnten. Andere wurden nach Tagen, einige sogar nach Wochen noch lebend gefunden. OR befand sich offiziell zur Zeit des Unglücks in keinem der gefluteten Schächte. Er ward nie wieder gesehen. IV wurde als einer der letzten mit der Dahlbuschbombe geborgen.

*****

Eman Rühl hat die Kehrtwende vor sich und hebt rechtzeitig von der obersten Stufe ab. Das eine Dreieck ist rot umrandet und warnt in schwarzen Lettern auf weißem Grund in deutscher Sprache vor der Pazifischen Auster. Das andere ist ganz gelb ausgemalt.

Ockergelb. Es zeigt ein Piktogramm. Eine dünne Strichfigur, keinem Lebewesen in keiner Galaxie ähnlich, die ungelenk über einer waagerechten Linie schwebt. Eman Rühl ist ein im Universum verschwindender Punkt.

Katharina Geiger

Mican

„Ein Mensch tut und denkt in seinem Leben viele Dinge. Doch eines widerstrebt ihm: hoffnungslos zu sein. Denn das bedeutet seinen Tod. Schlimmer. Das allumfassende Ende seiner Existenz. Wer hoffnungslos ist, hat nicht nur die Angst besiegt. Er hat einen vollkommenen Zustand der Gleichgültigkeit erreicht. Er fürchtet nichts, aber wird auch nicht kämpfen, weil es sich für nichts zu kämpfen lohnt."

„Aber ist dieses Dasein ein erstrebenswertes? Ist es überhaupt erreichbar?"

„Nur wer so denkt, ist in der Lage, das zu tun, was der Junge tun muss!"

„Der Junge ist 15. Er hat sein Leben noch vor sich. Er hat so viele Perspektiven, so viele Möglichkeiten. Wie sollen wir ihm das alles nehmen?"

„Wir zeigen ihm die Wahrheit."

Mican atmete tief durch und schloss die Wohnungstür auf. „Hallo! ", rief er laut in die Dunkelheit. Zu seiner Überraschung antwortete die dünne Stimme seiner Mutter: „Ich bin im Wohnzimmer!"

Eigentlich hätte sie jetzt bei der Arbeit sein müssen. Aber er kannte diese Situation bereits. Er hörte es an ihrer Stimme. Immer häufiger kam es vor, dass sie nicht zur Arbeit ging. Mican verstand es nicht. Sie lag dann allein im abgedunkelten Schlafzimmer, sprach wenig und aß nichts. Als er einmal nachgefragt hatte, was los sei, hatte sie geantwortet, sie sei krank. Aber welche Krankheit sollte das sein,

die so oft und immer wieder kam?
Mican ging langsam ins Schlafzimmer. Er wusste, dass er es sowieso früher oder später sagen musste. Als er den Raum betrat, sah er sie. Sie hatte ganz glasige Augen und putzte sich gerade die Nase, fast so, als hätte sie gerade geweint. Aber das lag wohl an ihrer Erkältung. Als sie ihn bemerkte, begrüßte sie ihn und fragte ihn nach seinem Tag. Es konnte ihr noch so schlecht gehen, sie würde immer fragen. Mican schwieg. „Habt ihr eine Arbeit zurückbekommen?", hakte sie nach. Mican nickte stumm. Er schluckte. „Englisch", flüsterte er, „ich habe eine 5." Er rechnete mit einem Wutausbruch und hob bereits die Hände schützend über den Kopf. Einige Sekunden verharrte er in dieser Position, den Blick auf den Boden gerichtet. Doch nichts geschah. Als er wieder aufschaute, lag sie immer noch regungslos da. Sie wirkte gar nicht wütend, ihre Augen waren eher ausdruckslos. Es musste ihr wirklich schlecht gehen. „Geh jetzt", sagte sie. Er war es gewöhnt, weggeschickt zu werden. Sie musste sich ausruhen.

Mican verließ wortlos das Zimmer, die Wohnung, das Haus. Es nützte nichts, dort zu bleiben. Jede kleine Bewegung konnte zu laut sein. Er ging in den Park, der sich neben der kleinen Hochhaussiedlung befand. In der Mitte war ein Teich, gerade so tief, dass letztes Jahr ein Zweijähriger darin ertrunken war. Auf gegenüberliegenden Seiten befanden sich zwei Bänke. Früher hatte er dort mit seiner Großmutter gesessen und den Enten zugeschaut. Nicht gefüttert, nur geschaut! Und junge Frösche gejagt. Das war immer schön gewesen. Den kleinen Spielplatz links von dem Teich hatten sie immer gemieden. „Zu gefährlich!", hatte seine Großmutter immer gesagt. Er hatte das nie verstanden. Inzwischen wusste er, dass sich dort die Jugendlichen aus dem Viertel trafen. Oft gab es Schlägerei-

en – letzte Woche eine Messerstecherei. Das hatte er in der Zeitung gelesen. Rechts davon befanden sich wenige Bäume. Manchmal waren auch dort Jugendliche und trieben Sport: Sie machten Klimmzüge an den Ästen oder nutzten die Bäume als Fußballtore. Es war ja kein Geld da für echte Tore oder das Fitnessstudio. Früher war er von der Großmutter ermutigt worden, mitzuspielen. Er hätte auch gewollt, hatte sich aber nie getraut zu fragen.
Seitdem hatte sich nichts geändert – außer, dass seine Großmutter schon seit vier Jahren tot war. Mican dachte oft über sie nach. Sie war sein großes Vorbild gewesen, hatte sich stark sozial engagiert, obwohl sie selbst so wenig hatte. Aber sie hatte immer großen Wert darauf gelegt, unabhängig zu sein, unabhängig vom Staat oder von einem Mann.
Nun saß Mican alleine auf der Bank. Eine Träne rann über seine Wange.
Nach einiger Zeit stand er auf. Er ging – wie immer, wenn es seiner Mutter schlecht ging – um den Häuserblock. Das tat er so lange, bis es dunkel wurde. Es war Sommer. Es konnte also noch dauern. Er drehte seine Runden. Immer wieder kam er an seiner Haustür vorbei. Sein Blick blieb wieder und wieder daran hängen. Manchmal dachte er, dass er jetzt auch durch die rote Tür treten könnte, dass er jetzt auch Hausaufgaben am Küchentisch machen könnte, dass er jetzt auch mit seiner Mutter ein Spiel spielen könnte, wie sie es früher manchmal getan hatten … Aber er entschied sich dagegen, hineinzugehen. Keine Hausaufgaben zu machen. Kein Spiel zu spielen. Keinen Lärm zu erzeugen.
Er zählte die Runden. Die Schritte. Das füllte seine Gedanken aus. Ließ keinen Platz für Gefühle. Runde fünfzehn. Nach weiteren zweitausendeinhundertfünf Schritten erreichte er wieder seine

Haustür. Diesmal blieb er stehen. Vor der Tür stand ein Krankenwagen. Das war nicht ungewöhnlich. Viele alte Leute wohnten in dem Haus. Er beobachtete aus einiger Entfernung, wen es wohl diesmal getroffen hatte. Nach einigen Minuten verließen die Sanitäter das Haus wieder. Ohne Patientin. Sie sahen erschöpft aus – sie hatten bestimmt einen langen Tag hinter sich! Mican wartete darauf, dass sie wegfuhren. Doch sie fuhren nicht. Sie lehnten am Wagen und schauten sich immer wieder um, als ob sie auf etwas warteten. Nach weiteren zehn Minuten kamen ein Polizei- und ein Leichenwagen. Langsam wurde es dunkel. Mican bewegte sich auf die Wohnungstür zu. Das musste er nun wirklich nicht mitansehen! Kurz bevor er die Haustür erreichte, stellte sich ihm ein Polizeibeamter in den Weg. „Du darfst hier nicht durch“, sagte er schroff. „Aber …“, hob Mican zu einer Antwort an, doch er wurde von einer Polizistin unterbrochen, die ihren Kollegen anblaffte: „Lass.“ Sie wandte sich an Mican: „Komm mal mit.“ Sie führte ihn zum Krankenwagen, wo er sich auf die Liege setzen musste. „Ich bin doch gar nicht verletzt!“, protestierte er. Die Polizistin nickte verständnisvoll.

Dann begann sie mit ganz ruhiger und fester Stimme zu sprechen: „Mican. So heißt du doch, oder?“ Mican nickte. „Mican“, fuhr sie fort, „ich bin Jules. Ich möchte mit dir über deine Mama sprechen. Sie war schwer krank, weißt du?“

Mican antwortete: „Ja, ich weiß. Das hat sie in letzter Zeit öfter. Man muss sie dann einfach in Ruhe lassen!“

Jules reagierte nicht auf seine Worte, sondern sprach einfach weiter: „Mican, deine Mama hatte körperliche Symptome, aber die Ursache war psychisch. Sie hatte schwere Depressionen. Sie konnte nicht mehr.“

„Ja, sie kann dann gar nichts mehr. Sie liegt dann nur noch im dunklen Zimmer. Und wenn man zu laut ist, dann schreit sie oder …“, Mican stockte, als sich ihre Blicke kreuzten.
Jules sagte nichts mehr. Das musste sie auch nicht.

Mican wusste nicht, wo sie ihn hinbrachten. Er hatte nicht noch einmal nach oben gehen dürfen. Schweigend saß er im Polizeiwagen. Er blickte aus dem Fenster und sah die Häuser an sich vorbeiziehen. Mit einer seltsamen Nüchternheit stellte er fest, dass er jetzt niemanden mehr hatte. Er war allein.
Jules, die auf dem Beifahrersitz Platz genommen hatte, wandte den Blick über die Schulter nach hinten und lächelte ihn aufmunternd an. Mican wollte fragen, wohin sie fuhren, doch er konnte nichts sagen. Jules drehte sich wieder nach vorne.
Mican hatte das Gefühl für Zeit verloren. Inzwischen war es dunkel geworden. Irgendwann hielt der Wagen. Jules stieg aus und gab ihm und ihrem Kollegen jeweils eine Tüte. Er öffnete sie. Es waren eine Brezel und zwei belegte Brötchen. „Ich wusste nicht, was du magst“, erklärte Jules. Mican wusste nicht, ob er Hunger hatte. Er setzte zu einem „Danke“ an, doch es kam kein Ton heraus. Jules nickte nur verständnisvoll.
Mican schlug die Augen auf. Er hatte nicht gemerkt, dass er müde gewesen war. Sie saßen immer noch im Auto. Draußen war es hell. Jules drehte sich um und begrüßte ihn mit einem „Guten Morgen! “. Sie schien eine fröhliche Person zu sein. Immer lächelte sie. Mican dachte an seine Mutter. Sie hatte auch oft gelächelt. Beim Gedanken an sie sollte er etwas fühlen. Angst, Trauer, Wut. Irgendetwas. Aber er fühlte nichts. Eine seltsame Leere füllte sein Inneres.
Der Wagen kam vor einem kleinen Landhaus zum Stehen. „Wir

sind da“, verkündete der übermüdete Polizist. Jules stieg aus und öffnete Mican die Tür. Beim Aussteigen stürzte er fast. Seine Beine waren noch wackelig von der langen Fahrt. Die beiden Polizisten führten Mican zu dem kleinen Landhaus.
Bevor Mican erkennen konnte, was sich im Erdgeschoss befand, stiegen sie eine Treppe hinauf in einen kleinen Raum. Darin standen ein Bett und ein Tisch. Jules zeigte ihm ein angrenzendes Badezimmer und bat ihn, in dem Raum zu bleiben. Ihr Kollege wartete bereits an der Tür auf sie. Sie lächelte ihm zu, dann verließ sie das Zimmer.
Mican wusste nichts mit sich anzufangen. Nach einer Weile füllte sich sein Kopf wieder mit Gedanken – und er hasste es. Aus dem Nichts wurde er überwältigt. Da waren sie – der Schmerz, die Angst, die Trauer, die Wut – die er vorhin noch vermisst hatte. Er fühlte sich völlig verloren – alleingelassen mit seinen Gefühlen. Er wusste nicht, ob er schreien oder weinen sollte. War er schuld? Hätte er etwas an seiner Mutter bemerken müssen? Hatte sie sich irgendwie anders verhalten? Er wusste es nicht. Mican wollte die Gefühle zur Seite wischen, die Gedanken abschalten. Es tat zu weh. Hilfesuchend schaute er sich um, um sich abzulenken. Doch der Raum war leer. Wie von allein bewegte sich sein Körper ins Badezimmer. Auch hier gab es nichts außer einem Waschbecken, einer Dusche und einer Toilette. Der Schmerz schwoll an, brach aus seinem Kopf aus, durchfuhr seinen ganzen Körper. Es musste aufhören! Er öffnete den Wasserhahn am Waschbecken und drehte ihn auf die heißeste Stufe. Er streckte seinen linken Unterarm unter das fließende heiße Wasser. Es brannte, doch Mican hatte damit das Feuer in seinem Kopf gelöscht. Das Außen konnte das Innen zurückdrängen. Zumindest für einen Moment war sein Kopf frei.

Mican saß auf dem Bett, als Jules ins Zimmer kam. „Hey Mican“, sagte sie leise und setzte sich zu ihm. Sie kommentierte den großen Brandfleck auf seinem Unterarm nicht, obwohl er nicht zu übersehen war. Schweigend saßen sie eine Weile und starrten an die gegenüberliegende Wand. Irgendwann klopfte es an die halbgeschlossene Tür und ein Mann betrat, ohne eine Antwort abzuwarten, den Raum. Er forderte Mican auf, mitzukommen, und führte ihn die Treppen hinab. Nun sah Mican auch den Rest des Hauses. Das Erdgeschoss war ein einziger großer Raum, der schlicht eingerichtet war. Er enthielt eine Art Küchenzeile, einen Esstisch und eine kleine Wohnecke mit einem Sofa und zwei Sesseln. Der Mann wies Mican an, sich auf das Sofa zu setzen. Er sprach mit langsamer und ruhiger Stimme: „Du hast gerade so viele Gefühle wie noch nie. Und du willst, dass es aufhört. Du willst deine Emotionen und deine Gedanken ausschalten.“ Er wies auf seinen Arm. „Wenn du es zulässt, können wir machen, dass es aufhört. Wir können machen, dass es dir egal wird. Dass dir alles egal wird. Du musst nur ja sagen. “

„Ja“, antwortete Mican, ohne zu zögern.

An die nächsten Tage konnte sich Mican nur noch bruchstückhaft erinnern. Er kannte das Prozedere: Morgens wurde er abgeholt und in einen kleinen, abgetrennten Raum geführt. An das, was darin passierte, erinnerte er sich nicht. Abends fand er sich völlig ausgelaugt auf seinem Bett wieder. Sein Körper war unversehrt, doch sein Kopf schmerzte, als durchlebe er schreckliche Qualen. Manchmal dachte er an seine Mutter. Doch es tat nicht mehr weh. Nicht mehr, als es sowieso schon weh tat. Manchmal fragte er sich, ob der Mann gelogen hatte. Nichts wurde besser – im Gegenteil –, es wur-

de immer schlimmer. Von Tag zu Tag wurde es mehr.
Das Einzige, was ihn durchhalten ließ, war Jules. Jules war sein Halt. Jeden Abend kam sie zu ihm. Sie sprachen nicht. Sie war einfach nur da. Manchmal nahm sie ihn in den Arm. Manchmal saß sie nur neben ihm auf dem Bett. Die Schmerzen wurden nicht weniger, aber erträglicher. Er wusste, dass Jules wusste, was er ertragen musste. Er wollte nicht wissen, was in diesem Raum geschah. Er hatte Angst davor, darüber zu reden.

Nach einigen Tagen stellte sich etwas Neues ein: Nachts im Schlaf träumte er in Bildern, von denen er sich nicht erinnern konnte, sie zuvor gesehen zu haben. Es waren Blitzlichter, Bruchstücke. Furchtbare Bilder. Es waren Bilder von Gewalt, von Zerstörung, von Mord. Jede Nacht kamen neue hinzu.
Manchmal waren es Tiere, die dicht an dicht standen – zwischen ihnen die toten Artgenossen. Manchmal waren es Gefangene, die immer und immer wieder die gleichen Kreise liefen. Manchmal waren es Fische, die ihren Kopf unaufhörlich gegen die Scheibe ihres Gefängnisses rammten. Manchmal waren es verstümmelte Kleintiere, die auf ihr nächstes Experiment warteten. Manchmal waren es Waldbewohner, die auf der Straße ihrem sicheren Tod entgegenliefen, weil sie vor der Zerstörung ihrer Lebensräume durch Maschinen, angetrieben von der Gier des Menschen, flohen.
Manchmal waren es Kinder, die sich über die toten Körper ihrer Eltern beugten. Manchmal waren es Eltern, die um ihre Kinder trauerten. Manchmal waren es Soldaten, die brutal von Drohnen abgeschossen wurden, weil sie die falsche Flagge trugen. Manchmal waren es Menschen in Lagern, die die Schläge der Wärter unter Schmerzen ertrugen.

Manchmal waren es Schüler, die sich unter den Tischen ihres Klassenzimmers versteckten, um nicht erschossen zu werden. Manchmal waren es Flüchtlinge, die aus ihrer brennenden Unterkunft stürmten, um ihr Leben noch einmal zu retten.
Manchmal waren es Unschuldige, die sich aus Angst vor der Konsequenz schuldig bekannten.
Manchmal waren es Arme, die hungerten, weil Reiche nicht teilten.
Manchmal waren es Jugendliche, die von anderen ausgelacht und gequält wurden, weil sie anders waren.
Die angst- und schmerzerfüllten Blicke waren allen gleich. Die Ausweglosigkeit, die Wut, der Hass auf die Unterdrücker, die Auslöser ihres Leids, einte sie.

Er vermisste die Leere, die ihn vor einigen Wochen noch so ganz ausgefüllt hatte. Nach dieser Freiheit von jeglichen Gefühlen sehnte er sich.

Der Mann hatte es ihm erklärt. Durch die Konfrontation sollte er abgestumpft werden. Bald schon – das hatte der Mann betont – sollte es besser werden. Aber es wurde nicht besser. Es war, als kämpfe sein Gehirn dagegen an, all die Bilder einfach anzunehmen. Irgendetwas in ihm sperrte sich vor der Vorstellung, dass das, was er sah, der Wirklichkeit entsprach. Wie konnte diese Welt nur so grausam sein? Es musste doch Widerstand geben! Es gab doch immer jemanden, der aufbegehrte. Es gab immer jemanden, der sich wehrte. Diese Zweifel ließen ihn nicht los. Sie beschäftigen ihn so sehr, dass er Jules davon erzählte.
In den nächsten Nächten begleiteten ihn neue Bilder. Es waren Rebellen, denen in aller Öffentlichkeit der Kopf abgehackt wurde. Es waren Revolutionäre, die an der Wand standen und auf den Befehl

warteten, erschossen zu werden. Es waren Kinder, die für ihren Ungehorsam geschlagen wurden. Es waren Unschuldige, die für die Äußerung ihrer Meinung bestraft wurden.

Und doch regte sich in seinem Herzen Widerstand. Das konnte nicht alles sein. Es musste gute Menschen geben. Sonst wäre seine Existenz ja völlig überflüssig. Und das konnte nicht sein! Es musste Menschen geben, die nicht nur Leid verursachten oder darunter litten. Es musste Menschen geben, die halfen. Es musste Menschen geben, die so waren wie Jules.

Er äußerte diese Gedanken nicht. Er hielt daran fest. Sie halfen ihm, nicht völlig wahnsinnig zu werden. Mit der Vorstellung, dass es mehr Menschen wie sie gab, baute er sich mit der Zeit eine Mauer auf, die den Schmerz aushaltbar machte.

Er bemerkte, dass sich eine gewisse Unruhe im Haus ausbreitete. Immer länger wurden die Tage, immer intensiver der Schmerz. Doch seine Mauer war stark genug. Der Mann, der ihn täglich abholte, wirkte seltsam angespannt. Er war sichtlich unzufrieden mit der Entwicklung seines Schützlings. Verstehen konnte er das nicht. War das Ziel nicht genau das gewesen? Ihn abzuhärten gegen den Schmerz und das Leid? Und doch war der Mann nicht glücklich mit seinen Fortschritten.

Eines Morgens wurde er wieder abgeholt. Doch es war nicht der Mann, der sonst dafür zuständig war. Es war Jules. An diesem Abend konnte er sich ganz genau daran erinnern, was in dem kleinen Raum passiert war: Er musste sich auf einen großen Sessel setzen, der fast die Hälfte des Zimmers einnahm. Sonst war der Raum leer. Vor ihm befand sich eine große weiße Wand, zu seiner Rechten die Tür, durch die er hereingekommen war. Jules hatte ihm von der

Tür aus zugesehen. Nun schloss sie diese von außen. Einige Minuten saß er dort und wartete auf weitere Anweisungen. Ungeduldig schaute er sich um. Als er den Blick wieder auf die gegenüberliegende Wand richtete, war diese nicht mehr weiß. Stattdessen befanden sich dort bunte Projektionen. Nach kurzer Zeit setzte ein Ton ein. Es war eine Stimme, die leise, aber eindringlich in kurzen Sätzen die Bilder an der Wand kommentierte.

Die Bilder zeigten abwechselnd Menschen, die er nicht kannte. Sie wurden ihm durch die Stimme vorgestellt: „Das ist Emma. Sie ist Sanitäterin.“ – Schnitt. Nächstes Bild. – „Das ist Brian. Er ist Psychologe.“ – Schnitt – „Das ist Jakob. Arzt.“ Die Bilder waren gerade lange genug sichtbar, damit er einen kurzen Blick darauf werfen konnte. So sehr er auch versuchte, die Gesichter zu reproduzieren, er konnte sich an keine Details erinnern. Es wurden immer mehr. Er konnte nicht sagen, ob manche mehrmals gezeigt wurden. Irgendwann verschwammen sie zu einer großen Masse. Sie reihten sich ein in den Kreis der unschuldigen Helfer. Sie alle taten Dinge, die anderen halfen. Da waren sie – all die Leute, die so waren wie sie – wie Jules. All die Leute, die einfach nur gut waren – denen man nichts von all dem Elend auf der Welt zum Vorwurf machen konnte. Irgendwann verstummte die Stimme. Die Bilder aber verschwanden nicht – sie veränderten sich. Aus den freundlich dreinschauenden Gesichtern wurden schmerz- und leiderfüllte Fratzen. Aus der Sanitäterin wurde die von Rückenschmerzen geplagte Patientin. Aus dem Psychologen wurde der alleinerziehende Vater. Aus dem Arzt wurde der medikamentenabhängige Alleingänger. Aus der Krankenpflegerin wurde die Mutter, die aus Verzweiflung ihre Kinder schlug. Die Bergretterin wurde zur Rollstuhlfahrerin. Die Feuerwehrfrau wurde nachts von Ängsten geplagt. Der Sozialarbeiter war auf Almosen angewiesen. Der Pfarrer kämpfte mit seinen Zwängen. Der Lehrer brach nach der Schule unter Tränen zusammen. Er hatte noch nie darüber nachgedacht. Die Menschen, von denen er dachte, sie seien Helden, die kein Elend verursachten, litten selbst am meisten. Sie machten sich kaputt in ihren selbst gewählten Berufen. Sie alle zerstörten. Sie zerstörten zwar nicht die Welt, aber sie zerstörten sich selbst. Sie taten es nicht bewusst, doch er sah in ihren Augen den gleichen Blick wie den der anderen, von denen er träumte. Es tat weh, zu sehen, dass auch sie leiden mussten, obwohl sie nur versuchten, zu helfen. Er spürte den Schmerz, der sich in seinem Körper ausbreitete. Doch diesmal war es nicht der reine Weltschmerz, der ihn sonst begleitete. Da war noch ein anderes Gefühl. Ein Gefühl von Verantwortung und – Schuld? – gesellte sich dazu.

Als er aus dem Raum geführt wurde, konnte er sich kaum orientieren. Ein Nebel legte sich vor seine Augen. Er machte es ihm unmöglich, klar zu denken. Die Ungerechtigkeit dieser Welt, das Unvermögen der Menschen, die Zerstörungswut, die jedem Menschen innewohnt, überwältigten ihn. Doch sie erfüllten ihn nicht mit Wut. Nein – der Mensch versagte und es war nicht einmal seine Schuld. Er war eine Fehlkonstruktion. Sein Denken war vergiftet. Niemals hätte er sich so ausbreiten dürfen und es gab keinen Ausweg mehr. Er würde sich nicht ändern. Das galt es zu akzeptieren.
Er wurde in sein Zimmer gebracht. Seine Gedanken waren andere als an den Abenden zuvor. Er hatte beschlossen, den Schmerz nicht länger zu bekämpfen. Es war, wie es war. Der Mensch war verloren und er war selbst dafür verantwortlich.
Er wartete auf Jules. Das war der letzte Halt, an den er sich klam-

merte. Er musste wissen, welche Konsequenzen ihre Besuche bei ihm mit sich brachten. Vielleicht war sie ja doch die Einzige – die einzig wirklich Gute, die kein Unglück auslöste, indem sie für ihn da war. Das hoffte er zumindest. Er wartete. Doch Jules kam nicht. So vergingen die nächsten Tage. Wortlos ließ er alles über sich ergehen, die Gedanken immer nur auf Jules gerichtet und immer in der Erwartung, dass sie vielleicht doch noch einmal an die Zimmertür klopfte. Er wartete vergebens.

Mit der Zeit rückte der Gedanke an Jules zunehmend in den Hintergrund. Immer lauter wurde die innere Stimme, die ihm sagte, dass sie nicht mehr kommen würde. Nie wieder. Sie sei nicht anders als die anderen. Indem sie ihn allein ließe, beweise sie, dass sie ganz genauso wie alle anderen war. Es gebe keine Hoffnung. Es gebe keine Rettung.

Gerade als er glaubte, diesen Gedanken anzunehmen, klopfte es an die Tür. Als sie sich langsam öffnete, durchfuhr ihn für kurze Zeit eine freudige Erwartung. Sie starb mit dem Eintreten des Besuchers. Es war der unfreundliche Polizist, mit dem er hierhergekommen war. Er setzte sich zu ihm aufs Bett und sprach: „Sie wird nicht kommen. Ihre Besuche bei dir hatten Folgen für sie. Sie haben sie mitgenommen, weißt du. Es ist nie gut, wenn sie jemanden mitnehmen." „Wohin haben sie sie gebracht?", fragte er. Der Mann antwortete: „Das weiß man nicht so genau. Sie war eine Idealistin. Sie hat immer nur das Positive gesehen. Sie hat immer darauf gehofft, dass es nochmal besser wird. Aber das wird es nicht. Es wird immer schlimmer. Aber nicht ihre Einstellung war es, die ihr zum Verhängnis wurde – das warst du." Er stand auf und verließ den Raum.

In diesem Moment realisierte er, dass der Polizist recht hatte. Er war nicht anders als alle anderen. Er war genauso verantwortlich.

Genauso schuldig wie der Rest der Menschheit. Er war der Auslöser für Jules' Strafe und er trug – wenn auch unbewusst – Mitschuld am Tod seiner Mutter. Aber er machte sich keine Vorwürfe mehr. Es war egal. Denn jeder war immer an allem schuld. Niemand konnte sich davon freisprechen. Und es gab keine Lösung. Er konnte es akzeptieren. Er konnte es annehmen und es konnte ihm egal sein. Es gab keine Hoffnung.

Am nächsten Morgen wurde er abgeholt. Man sagte ihm, dass er nicht in das Haus zurückkehren würde. Bereitwillig ging er mit ihnen. Warum sollte er sich auch wehren? Ob er hier war oder an einem anderen Ort, war völlig egal. Er wurde zu einem großen Transporter mit blickdichten Scheiben geführt, von dem seine Großmutter wohl gesagt hätte, er solle niemals einsteigen, da sonst böse Leute böse Dinge mit ihm machen würden. Sie war so naiv gewesen. Er stieg in den Wagen. Die Fahrt verlief ereignislos. Niemand sprach. Er beobachtete die anderen Menschen. Die meisten waren gut gelaunt – sie wirkten fast glücklich. „Heuchelei", dachte er bei sich. Manche wirkten besorgt, einige ängstlich. Ängstlich wovor? Vor der Zukunft? Es gab keinen Grund, Angst zu haben. Alles würde immer schlimmer werden. Der Mensch war schlecht und würde dafür sorgen – ob man nun Angst hatte oder nicht.
Vor einem kleinen, unscheinbaren Gebäude hielten sie. Es war umgeben von Wüste und passte sich gut ein. Weit und breit war kein Mensch zu sehen. Man gab ihm die Anweisung, auszusteigen und durch die Tür in das Gebäude zu treten. Dort würde er in Empfang genommen. Also öffnete er die Tür des Wagens. Sofort schlug ihm ein heißer Wind entgegen. Er erreichte die Haustür und betrat das Haus. Mit offenen Armen, gleich einem Fernsehmoderator, empfing ihn

der Mann, der das alles zu verantworten hatte. Fröhlich lächelnd wandte er sich an ihn: „Endlich ist es so weit. Du bist so weit. Es wird Zeit für deine Prüfungen.“
Er führte ihn in einen Raum mit grauen Betonwänden. In der Mitte stand nur ein Stuhl, auf den er sich setzen sollte. Der Mann stellte sich vor ihn hin. Er zeigte ihm Bilder von Personen, die er einmal gekannt hatte. Er sollte einfach nur dasitzen. Er wusste nicht, was das bewirken sollte, aber er ließ es geschehen. Die Bilder begannen bei seinem Grundschullehrer und endeten bei Jules. Als er ihm alle Bilder gezeigt hatte, schaute der Mann ihn erwartungsvoll an. „Was empfindest du beim Anblick dieser Personen?“, fragte er, als er bemerkte, dass Mican nicht verstand, worauf er hinauswollte. Dieser überlegte kurz. Dann antwortete er: „Ich weiß nicht, was Sie hören wollen, aber niemand von ihnen ist unschuldig. Sie auch nicht. Und ich auch nicht. Sie bedeuten nicht mehr oder weniger als andere. Sie sind egal. Sie können nichts besser machen. Solange sie leben, sind sie schlecht.“

Begeistert klatschte der Mann in die Hände wie ein kleines Kind. Er befahl ihm, sitzenzubleiben, und verließ den Raum.
Er fühlte, wie sich Metallschlaufen an den Armlehnen des Stuhls um seine Hände legten. Hinter sich hörte er ein metallenes Geräusch. Es interessierte ihn nicht. Er blieb sitzen und wartete ab. Nichts geschah. Die Wand vor ihm öffnete sich und er sah sich einem Auto gegenüber, an dessen Steuer der Mann saß. Er wusste, dass er Angst haben sollte, das hatte er aber nicht. Das Auto fuhr an und raste auf ihn zu. Nüchtern blickte er dem Tod ins Auge. Es war egal. Wenn er starb, war es egal. Er hatte niemanden mehr und ihm war es sowieso egal. Er hatte nie daran gedacht, sich selbst zu töten, aber warum wehren, wenn das Angebot schon kam?

Kurz vor ihm bog das Auto nach rechts ab und der Mann stieg aus. „Woran hast du gedacht? Wer hat dir Halt gegeben, dass du keine Angst hattest?“, wollte er wissen.
„Niemand. Ich brauche niemanden dafür. Warum soll ich davor Angst haben, dieser menschgemachten Hölle zu entkommen? Ändern kann ich sie sowieso nicht“, antwortete er.
Der Mann führte ihn in einen etwas größeren Raum. Er sollte sich setzen und etwas essen. Höflich wartete er ab, bis Mican das Essen beendet hatte, und wandte sich dann wieder an ihn: „Deine letzte Prüfung ist einfach. Du hast die Möglichkeit, ein kleines Mädchen vor dem Leid dieser Welt zu befreien. Du kannst ihm all das ersparen, was du durchleben musstest. Du kannst es von seiner eigenen menschlichen Existenz befreien, es vor seiner eigenen Veranlagung, alles kaputt zu machen, bewahren.“ Mit diesen Worten reichte er ihm eine Pistole und schickte ihn aus dem Raum in einen langen Flur, der ihn zu seiner letzten Prüfung führen sollte.

Sie standen sich gegenüber. Er wusste um seine Aufgabe. In ihrer Mitte prangte in großen, hellen, beleuchteten Buchstaben ein Wort. „Hoffnung“, las sie, „was soll das sein?“
„Ein Wort ohne Bedeutung“, antworte er und schoss auf sie. Der Schuss traf sie im Bauch.
Er fühlte nichts. Die Türen öffneten sich und eine Frau stürmte heraus. Panisch schaute sie sich um. Als sie das Mädchen am Boden liegen sag, hastete sie zu ihm. Sie kniete sich vor den kleinen Körper und beugte sich über sie.
Neugierig ging er zu den beiden und beobachtete aus einiger Entfernung, was sich abspielte: Die Frau sprach zu dem Mädchen, während sie ein Stoffknäuel, das ihre Jacke gewesen war, fest auf seinen Bauch drückte. „Liv – bleib bei mir, Liv. Es ist nur eine Klei-

nigkeit. Nur ein Kratzer. Das wird schon wieder. Wir müssen es hier nur rausschaffen. Du wirst schon sehen, Liv. Wir schaffen das!"
Er wusste nicht, was sie damit bewirken wollte. Es war doch offensichtlich, dass der Schuss sie – langsam, aber unvermeidlich – tötete. Sie würden es nicht schaffen. Völlig ausgeschlossen.
„Liv. Jetzt nur nicht die Hoffnung aufgeben. Nicht aufgeben, Liv."
Da war es, das Wort, das buchstäblich im Raum stand.
Er verstand nicht, wieso die Frau so verzweifelt war. Ein Leben mehr oder weniger – es war doch egal. Ihm war es egal. Völlig bedeutungslos. Warum sollte das Mädchen etwas nicht aufgeben, was es sowieso nicht verstand? Warum wehrte es sich gegen seine Erlösung, wenn es doch viel einfacher war, einfach loszulassen? Es wurde ihm doch so leicht gemacht. Es war seine Wahl, einen Kampf zu kämpfen, den es sowieso verlor. Warum überhaupt bemühen?
Die Frau drehte sich zu ihn um: „Aber warum? Warum hast du das getan?" Er zuckte mit den Schultern. „Es war meine Anweisung", hörte er sich sagen und er verließ den Raum durch die Tür, durch die sie hereingekommen war.
„Gut." Anerkennend nickte der Mann, „Du bist bereit für deine Aufgabe."

Er wurde in einen weiteren Raum geführt. Er war winzig und hatte nur ein kleines Fenster, eher eine Klappe, durch das er den Mann sehen konnte. In der Mitte des Zimmers stand ein Pult mit einem einzigen Knopf. Er war so weiß wie der Rest des Raums.
„Wir haben dich ausgewählt. Deine Aufgabe – deine Pflicht – ist, nichts Geringeres als die Erlösung. Du hast die Verantwortung, uns alle zu befreien. Endgültig. Du hast die Chance, alle Unterdrücker auszulöschen. Du hast die Möglichkeit, alle Katastrophen, alle

Kriege zu beenden. Du kannst uns alle von Leid und Schuld befreien. Du kannst das Unheil, das unsere Welt erfasst hat, abwenden. Du kannst den Fehler unserer Existenz berichtigen. Du hast es gesehen. Wenn du den Knopf drückst, kannst du all das Elend beenden, das deinen Kopf ausfüllt. Wann du ihn drückst, bleibt dir überlassen."

Neben ihm tauchte eine Frau auf: „Du hast es schon einmal getan. Von einem Menschen hast du die Welt bereits befreit. Wenn du den Knopf drückst, werden wir alle nachfolgen. Dann kann die Welt endlich so werden, wie sie sein soll. Es gibt eine Hoffnung. Es gibt eine Rettung. Du bist unsere Hoffnung. Du bist unsere Rettung!"

Der Mann verschloss das Fenster, durch das sie gesprochen hatten. Es passte sich perfekt in die Wand ein – als sei es nie da gewesen. Nun war er allein. Er trat an das Pult, stellte sich vor den Knopf und legte seine Hand darauf. Warum es ihnen so wichtig war, dass er drückte, verstand er nicht. Und warum taten sie es nicht selbst, wenn sie doch so überzeugt von der Richtigkeit des Vorhabens waren? Aber warum sollte er nicht drücken? Alles würde besser für alle und ihm war es gleich. Alles egal. Völlige Gleichgültigkeit füllte seine Gedanken.

Er drückte in dem Moment, als jemand, begleitet von einem lauten Knall, durch die Tür brach.

Er fühlte einen brennenden Schmerz in seiner Brust. Als er an sich hinuntersah, bemerkte er, dass sein T-Shirt blutgetränkt war. Er spürte, wie seine Beine nachgaben, und sank zu Boden. Über ihn beugte sich eine Frau. „Mican", sagte Jules lächelnd, „du hast es geschafft. Du hattest die Hoffnung vielleicht aufgegeben, aber ich nicht. Wir haben das Unglück verhindern können – gerade noch rechtzeitig. Nicht auszudenken, was passiert wäre, wenn du diesen Knopf gedrückt hättest. Du hättest ein giftiges Gas freigesetzt und innerhalb von 15 Minuten wären wir alle tot gewesen. Diese Menschen sind abgrundtief böse. Sie wollen uns alle umbringen. Sie sind Extremisten, die denken, der Mensch sei des Menschen größtes Übel. Aber jetzt wird alles gut! Wir haben die Welt gerettet und dich retten wir auch noch. Wir wussten uns nur nicht anders zu helfen, um dich davon abzuhalten, einen großen Fehler zu begehen. Hörst du? Es wird alles gut!“

Mican wusste, dass es vorbei war. Er wusste, dass er gehen würde und sie auch. Er hatte den Knopf bereits gedrückt. Es würde nicht wieder gut werden – zumindest nicht so, wie Jules sich das vorstellte. Niemand würde das hier überleben. Die Welt würde von ihrer größten Bedrohung befreit werden.
Aber das wusste sie nicht. Und er sagte nichts.
Weil er ihr die Hoffnung nicht nehmen wollte.

Laila Purpus

Lektion 23

PersLogPyx15082523:

Dies ist der erste zusätzliche Log-Eintrag von Pyxis. Wie es bei persönlichen Problemen zum Verständnis des Unterrichts üblich ist, wurde ich dazu angehalten, meine Erfahrungen in schriftlicher Form festzuhalten. Dies dient, laut meinen Ausbildern, der gründlichen Auseinandersetzung mit den Themen des Unterrichts. Durch das Ausschreiben des Textes, im Gegensatz zu den üblichen intra-digital erstellten und gesendeten Dateien, die meinen Fortschritt zusammenfassen sollen, bin ich dazu gezwungen, meine Fehler und Probleme langsam zu durchdenken. Da sich mir die Notwendigkeit der Benutzung digitaler Hilfsmittel nicht erschließt und ich außerdem die Effektivität dieses doch recht mühsamen Systems anzweifle, bin ich selbst gespannt auf meinen Standpunkt am Ende dieses Eintrags.

Zwar wird behauptet, dass eine solche Auseinandersetzung mit der Thematik einzig und allein unserer Unterstützung dienen soll und keinesfalls als Strafe gedacht ist, doch bisher bin ich gut ohne solch eine zusätzliche Hilfestellung ausgekommen, was bedeutet, dass mir meine anscheinende Unzulänglichkeit durchaus bewusst geworden ist, als ich nach der heutigen Lektion die Anweisung für diese spezielle Aufgabe bekam.

Mit nur einem einzigen Eintrag habe ich zwar immer noch die wenigsten schriftlichen Einträge meiner ganzen Lerneinheit zu verzeichnen, dennoch wünsche ich mir, dass mein Verständnis sich schnell erweitern und weitere Zusatzeinträge verhindern wird.

Nun zu dem Konzept, das mir im Moment noch Probleme bereitet: die menschliche Empfindung „Hoffnung“. Sie lediglich als eine simple Emotion zu be-

zeichnen, wäre unzureichend, ist die Hoffnung doch vielmehr eine Lebenseinstellung, die oftmals mehrere gefühlsgeladene Situationen überdauert.
Dabei ist die Grundfunktionsweise der Hoffnung die Hinwendung zu einer optimistischen, positiven Erwartungshaltung an die Zukunft. Dies kann Menschen – und folglich auch mir – helfen, nicht den Halt zu verlieren und aufzugeben, insbesondere in verzweiflungserweckenden Momenten. In solchen gilt es also für mich, positive Gefühle hervorzurufen, welche neben meiner situationsgemäßen Angst, Drangsal oder Sorge existieren. Obwohl letztere Emotionen der Situation womöglich angemessener sind, steht dieses unbegründete Festklammern an einer nur bedingt möglichen Verbesserung der Lage dann für die Hoffnung, die es zur Täuschung des eigenen mentalen Zustands zu bewahren gilt.

Pyx beendete ihren Eintrag zufrieden. 25 Wörter über der Mindestanforderung, das war genug, um nicht allzu deutlich zu zeigen, wie sehr sie sich um jedes einzelne Zeichen bemüht hatte. Sie lud den Eintrag hoch, noch immer irritiert von seiner Notwendigkeit, und fuhr anschließend den Computer herunter, froh, seiner Benutzung zunächst entflohen zu sein und sich wieder ganz auf ihren eigenen Prozessor verlassen zu können. Nach ihrer Abendroutine, durch die unerwartete Schreibeinlage bereits merklich verschoben, legte sie sich hin und schaltete auch ihre eigenen Funktionen in einen unbewussten, doch reaktionsbereiten Stand-by-Modus.

„Ich kann deinen Eintrag so nicht annehmen“, waren am nächsten Morgen die ersten Worte, die aus ihrem gewohnten Tagesablauf hervorstachen. Professor Zelos Abel, ihr Ausbilder und Auftraggeber des offensichtlich ungenügenden Log-Eintrags, wartete auf ihre Antwort, ohne überhaupt eine Frage gestellt zu haben. Seine Stirn lag in Falten, doch statt mit Wut oder Strenge, das wusste Pyx,

hatte sie es bei dieser Mimik bei ihm vor allem mit Unverständnis zu tun. Da dies auf Gegenseitigkeit beruhte, sie sich allerdings nicht bei ihm unbeliebt machen wollte, erwiderte sie den Gesichtsausdruck mit einer leichten Schräglage ihres Kopfes und einem Blick, den sie vor Monaten als „fragend“ klassifiziert und seitdem oftmals erfolgreich getestet hatte.
„Entschuldigen Sie bitte. Worin liegt denn das Problem mit meinem Text?“
„Zum einen“, antwortete ihr Gegenüber und lächelte aus einem ihr unbekannten Grund, während seine Augen weiterhin weitgehend unamüsiert in die ihren starrten, „dass du dich ganz offensichtlich für schlauer hältst, als du bist. Wenn diese Lektion um Überheblichkeit ginge, würde ich dir liebend gern die volle Punktzahl geben.“
„Was meinen Sie?“
Pyx war sich unsicher, ob sie weiterhin Unverständnis zeigen oder aber sich aufgrund dieser Unterstellung für einen Anflug von Wut entscheiden sollte – die sicherlich in Wahrheit ihre Richtigkeit hatte. Sie entschied sich für beides, auch wenn die stabile Aufrechterhaltung zweier parallelläufiger Emotions-Schleifen sie immer noch einige fehleranfällige Hintergrundprozesse kostete. Leider sah ihr Ausbilder trotz allem wenig beeindruckt aus.
„Absichtliches Reden um den heißen Brei und mehr oder weniger anzweifelnd formulierte Definitionen kann mir jeder bieten, Pyxis“, sagte er. „Aber worum es in dieser Lektion eigentlich geht, hast du offensichtlich immer noch nicht verstanden.“
Auf einen Blick in ihr Gesicht folgte eine minimale Schwächung der Strenge seiner Züge, doch er klang weiterhin entschieden, als er fortfuhr:
„Ich stelle dich für heute vom Unterricht frei. Dafür möchte ich,

dass du dich so bald wie möglich bei Professor Reef meldest. Ich werde sie über dein Kommen informieren."

Pyx ging insgeheim eine Reihe an Einwänden durch, fand jedoch keinen, der ihr ihrer Erfahrung nach eine Milderung dieses Urteils beschert hätte, also schwieg sie.

„Kein Grund, so ein Gesicht zu machen", sagte Zelos Abel, was Pyx allenfalls darin bestätigte, dass sie genau das der Situation angemessene Gesicht machte. „Sobald Frau Reef mir das Okay gibt, bist du wieder dabei. Du bist doch sonst immer bei den Schnellen, also mach dir nichts draus. Viel Erfolg."

Pyx bedankte sich, aus Gewohnheit und dem Wissen, dass ein „Danke" die Mindestanforderung war, um dieses Gespräch schnell zu beenden, und machte sich auf den Weg zu Marina Reefs Büro. War der Zwang, einen schriftlichen Eintrag zu verfassen, schon demütigend gewesen, so war es der Gang in die entgegengesetzte Richtung der eigentlichen Unterrichtsräume erst recht. Marina Reef war Spezialistin für Emotionshervorrufung und somit diejenige, zu der Intelligenzen geschickt wurden, die anhaltende Probleme mit dem Verständnis oder Ausdruck bestimmter emotionaler Prozesse hatten. Pyx hatte sie bisher nur auf einigen wenigen allgemeinen Seminaren kennengelernt und dies hätte ihrem Geschmack nach gern so bleiben dürfen. Etwas an ihrer Art hatte sie schon seit jeher irritiert und der Gedanke an ein Einzelgespräch mit ihr trug nicht gerade zur Besserung ihrer Tagesperspektive bei.

Sobald sie sicher sein konnte, dass ihr Ausbilder sie nicht mehr beobachtete, fuhr sie ihre Simulation verletzten Stolzes jedoch wieder herunter, froh über den klaren Kopf, den ihr dieses unauthentische, aber praktische Schlupfloch verschaffte.

Kaum hatte sie sich der Bürotür genähert, öffnete sich diese auch schon automatisch zur Seite. Eine kleine, dunkelhaarige Frau stand vor ihrem Schreibtisch und musterte sie eindringlich. Sie schien schon über ihr Kommen Bescheid zu wissen, für menschliche Verhältnisse eine beeindruckend schnelle Kommunikationsabwicklung.
„Pyx?"
Durch die Verwendung ihres Spitznamens sollte anscheinend eine Vertrauensbasis zwischen ihnen impliziert werden. Pyx beschloss, ihr Sympathie zu zeigen, sich aber dennoch weiterhin reserviert und auf unterschwellige Weise unwillig zu verhalten. Sie nahm die ihr entgegengestreckte Hand und schüttelte sie mit einem Nicken.
„Ich bin Marina." Ein weiterer, eindeutiger Zwang in Richtung forciertes Bindungsverhältnis. „Ich bin mir sicher, du möchtest möglichst direkt zum Punkt kommen. Hoffnung also?"
„Ja."
„Gut. Das wird doch machbar sein. Ehe du es dir gemütlich machst, komm doch bitte mit mir zu den Simulationsräumen."
„Entschuldigung", sagte Pyx. „Aber wir haben bereits etliche Simulationen vorgenommen."
Ihre Konzentration auf die Ausstrahlung der Person vor ihr hatte sie glatt vergessen lassen, den Satz zwischen zusammengebissenen Zähnen hervorzupressen, als würde sie sich ärgern, bisher keinen Erfolg bei den erwähnten Simulationen gehabt zu haben. Doch Professor Reef schien es nicht zu bemerken.
„Lass mich das nur machen", sagte sie. „Ich habe sicherlich noch ein paar Tricks auf Lager."

Doch als sie die Simulationsräume erreicht und sich für die nächsten zwei Stunden in Saal Nummer 3 eingeloggt hatten, ließ die Ausbilderin die Technik zunächst ausgeschaltet. Stattdessen setzte sie sich im Schneidersitz auf den Boden und bedeutete Pyx, es ihr gleichzutun.

„Ich langweile dich jetzt nicht mit meinen Erklärungen, warum ich das hier weniger beengend finde als mein Büro", sagte sie, obwohl Pyx sich tatsächlich für diese Erklärung interessiert hätte. „Lass uns erst einmal einen Moment über dich reden. Wieso bist du hier?"

„Um zu lernen, wie das Konzept ‚Hoffnung' funktioniert", antwortete Pyx wie aus der Pistole geschossen.

„Ah", schmunzelte Professor Reef. „Die meisten von euch hätten so reagiert."

Pyx wusste nicht recht, was sie darauf erwidern sollte. Es kam ihr vor, als hätte sie die falsche Antwort gegeben, dennoch sah ihr Gegenüber nicht enttäuscht aus, eher heimlich amüsiert. Pyx verengte die Augen und konzentrierte sich noch eingehender auf die Mimik der Professorin, während sie ungefragt weitersprach und sich somit eine zweite Chance verschaffte.

„Hier in dieser Einrichtung bin ich, um emotionsbasierte menschliche Verhaltensformen und -muster zu studieren und zu imitieren, bis ich sie schließlich selbst täuschend echt anwenden kann."

„Richtig", sagte Professor Reef unnötigerweise, sah aber immer noch nicht zufrieden aus. „Und weiter?"

Pyx, die sich auf der richtigen Spur wähnte, erweiterte den Fokus noch einmal um eine Stufe.

„Dieses Forschungszentrum für lernfähige künstliche Intelligenz ist das größte und beste seiner Art, und da ich zu einem der besten Modelle gehöre – "

„Denk ein bisschen weiter", unterbrach Professor Reef und Pyx brach perplex ab. Unterbrechungen waren ein Zeichen von Unhöflichkeit, Ungeduld oder Hektik, doch keines dieser Phänomene schien auf ihr Gegenüber zuzutreffen. Stattdessen lächelte sie weiterhin.

„Wenn Sie mich nach dem Sinn des Lebens fragen, befürchte ich, dass ich zunächst einige weitere Seminare über den menschlichen Drang zum Philosophieren belegen muss", versuchte sie es mit einem Witz, der ihr offensichtlich nur mäßig gut gelang, denn am Gesichtsausdruck ihres Gegenübers änderte sich nichts.

„Nach dem Sinn des Lebens ...", sagte sie stattdessen ernst. „Das kommt der Sache schon näher. Allerdings geht es mir viel mehr um den Sinn *deines* Lebens."

„Wo liegt der Unterschied?"

Die Professorin winkte ab.

„Vergiss meinen Kommentar, ich bin dir viel zu vage, oder nicht?"

Aus der Bahn geworfen stimmte Pyx zu. Ihr war zwar klar, dass dies eine Art Vagheit war, deren Interpretation sie grundsätzlich eines Tages lernen musste, doch ihrem Gegenüber etwas vorzugaukeln, würde sie in diesem Fall nicht weiterbringen.

„Aus welchem Grund du hier bist, verstehst du sehr gut", stellte Marina Reef fest. „Doch vielleicht war meine Frage nach dem ‚Warum' irreführend. Genauer wäre vielleicht, zu fragen, zu welchem Zweck du hier bist."

„Um mich, nach Abschluss meiner Ausbildung, unter die Menschen zu mischen und geheimdienstliche Aufträge für das Forschungszentrum auszuführen."

Pyx hätte schwören können, dass sie diesmal die richtige Antwort gegeben hatte, aber dennoch kam erneut keine zustimmende Reaktion.

„Das ist also dein Ziel?", fragte Marina Reef.

Pyx bestätigte, weiterhin nach Zeichen in dem offenen, von kleinen Fältchen durchzogenen Gesicht suchend. Doch ihre Ausbilderin nickte nur, sich nicht anmerken lassend, worauf sie eigentlich hinauswollte.

„Wie stellst du dir das vor?“

„Wie bitte?“, fragte Pyx. Die Frage hatte keinen Hauch von Skepsis mit sich gebracht und dennoch war sie irritierend.

„Was sind deine Vorstellungen von einem Leben im Dienst unserer Forschung? Was erwartest du von deiner Zukunft?“

Pyx versuchte, eine angemessene Vorstellung zu simulieren, doch angesichts der Knappheit der Zeit und ihrer leichten Überforderung mit der Thematik ließ sie es bei einer knappen Antwort bewenden.

„Ich werde zunächst die Abteilung wechseln, in einem anderen Bereich der Einrichtung leben“, sagte sie. „Sobald ich einen Einsatzort zugeteilt bekomme, werde ich natürlich in eine eigene Wohnung ziehen. Mit der Simulation menschlicher Lebensweisen bin ich schon jetzt vertraut, dies sollte auch in der Zukunft keinerlei Probleme darstellen.“

Professor Reef nickte, nahm jedoch keine Einwürfe vor, was Pyx als Aufforderung, weiterzusprechen, interpretierte.

„Ich werde in eine menschliche Wohnung ziehen, einen illusorischen menschlichen Job annehmen und mich in allen Bereichen dem menschlichen Leben anpassen, um keinen Verdacht zu erwecken. Insbesondere mit einer möglichst isolierten Lebensweise sollte dies spielend möglich sein.“

„Und konkret heißt das?“

„Nun, um konkrete Pläne zu meiner genauen Daseinsweise zu machen, scheint es mir noch etwas zu früh zu sein.“

Das war die Wahrheit, ungeachtet des Anflugs von Trotz, den Pyx in ihre Stimme legte. Marina Reef wandelte weit abseits des Realismus, wenn sie glaubte, dass es schon jetzt konkrete Pläne zur Art von Pyx' angestrebter Zukunft gab.

„Natürlich", sagte sie milde. „Gut. Aber stell dir einfach mal vor, es wäre schon so weit. Lass deine Fantasie spielen. Wo lebst du? Was arbeitest du? Was machst du in deiner Freizeit?"

Pyx entschied sich für einen Anflug von Unmut, der davon ablenken sollte, dass sie mit dieser Serie von Fragen langsam immer mehr ins Schwimmen geriet.

„Na gut", sagte sie und dachte nach. Eine grobe Einschätzung potenzieller Lebensumstände dürfte reichen. Sie entschied sich für die erste Bilderserie, die ihr in den Sinn kam, und ratterte eine semi-detaillierte Beschreibung herunter.

„Schön", lobte die Ausbilderin. „Gefällt es dir dort?"

Einen kurzen Moment lang war Pyx angehalten, mit merklicher Frustration auf die überflüssige Frage zu antworten. Wenn sie wollte, konnte sie sich schließlich mit jeder möglichen Einrichtung und Unterkunft arrangieren.

„Ja", sagte sie dann allerdings nur. „Die Wohnung ist praktisch und zentral gelegen."

Sie war stolz auf ihre langsame Gewöhnung an das Fantasie-Spiel. Marina Reef schien es zu merken.

„Das freut mich. Hast du Hobbys?"

„Nein."

Ein durchdringender Blick.

„… ich spiele Schach."

„Allein?"

„Online."

Die Fragerei ging noch eine Weile so weiter. Mit jeder knappen Antwort schien Pyx sich weiter von dem unbestimmten Ziel, das ihre Ausbilderin vor Augen hatte, zu entfernen. Sie drehten sich im Kreis, kamen weder vor noch zurück und allmählich erschien Pyx der ganze Termin nicht nur unangebracht, sondern auch wie die reinste Zeitverschwendung. Sie wählte ihre Antworten immer weniger sorgfältig, sagte das Erste, was ihr in den Sinn kam, ab und zu komplett arbiträr, und doch sprang Marina Reef nie auf ihre offensichtliche Langeweile an.

Und dann stand sie mit einem Mal auf und startete die Technik des Simulationsraums. Den Helm zum Anschluss für Pyx schon in der Hand, drehte sie sich wieder zu ihr um.

„Das Ganze langweilt dich, oder? Es kommt dir unnötig vor?“

Sie schien die Antwort schon zu kennen, also nahm Pyx bei ihrer Bestätigung abermals kein Blatt vor den Mund.

„Ja.“

„Warum denkst du dann, dass deine tatsächliche Zukunft so aussehen soll?“

Darauf wusste Pyx keine Antwort. Marina Reef reichte ihr lächelnd den Helm.

Sie lag in einem Bett. Graue Bettwäsche, weiße Wände, ein altmodisches digitales Service-System, noch mit physischem Bildschirm an der Wand. Genauso hatte sie eben ihr fiktives zukünftiges Schlafzimmer beschrieben.

Sie setzte sich auf. Im schwarzen Spiegel des Bildschirms gegenüber sah sie sich selbst.

Sie wandte sich ab, stand auf und erkundete den Rest ihrer Umgebung, auf der Hut vor unangenehmen Überraschungen, die die Si-

mulation für sie bereithalten würde. Sie rief sich die Thematik, von der das vorherige Gespräch sie so sehr abgelenkt hatte, in Erinnerung. Die bisherigen Simulationen hatten sie alle in eine aussichtslose Lage versetzt und dazu angehalten, ihre Hoffnung selbst inmitten von Kriegen, Naturkatastrophen, Anschlägen oder Hungersnöten zu entdecken. Es waren lauter Situationen gewesen, die sie dazu zwangen, ihr eigenes emotionales Programm nahezu zum Übersteuern zu bringen. Der Theorie nach machte es das leichter, neue Gefühle klarer zu kategorisieren und später auch in weniger gefahrvollen Situationen abzurufen. Letztendlich war es ihr nur gelungen, Ruhe zu bewahren, indem sie sich nicht hatte vergessen lassen, dass sie sich gerade in einer Simulation befand, eine Strategie, mit der sie sich bis gestern sehr gut geschlagen hatte.
Sie fragte sich, was dieses Mal auf sie zukommen würde. Ein Wohnungsbrand? Ein Überfall?
Sie bereitete sich auf alle Möglichkeiten vor, die ihr in den Sinn kamen, doch nichts dergleichen geschah.

Ihre Ausbilderin musste die Zeitwahrnehmung der Simulation deutlich nach unten geregelt haben, denn erst nach mehreren Stunden – die Pyx gezwungenermaßen damit verbrachte, ihre Umgebung zu erkunden und sich mit dem, was wohl ihre fiktive Zukunft darstellen sollte, vertraut zu machen – meldete sie sich von außerhalb der Simulation zu Wort.
„Wie fühlst du dich?“
„Gelangweilt“, antwortete Pyx wahrheitsgemäß.
„Gut“, war die wenig erfreuliche Antwort. „Aber keine Sorge, ein wenig Arbeit wird dich schnell auf andere Gedanken bringen. Schließlich bist du hier, um der Forschung Informationen zu liefern.“
Wenig später fand Pyx sich eingeschleust auf einer Pressekonferenz

wieder und beobachtete ihr männliches Ziel. Dank der überdeutlichen Simulation fiel es ihr noch leichter, jede seiner Bewegungen, Aussagen und Gesichtsausdrücke zu deuten und jegliche Details und Abweichungen seines Gebarens wahrzunehmen. Simultan verfasste sie einen Bericht über ihre Beobachtungen für das Forschungszentrum.

Nachdem sie sich mit dieser neuen Aufgabe vertraut gemacht hatte, wechselte die Szene wieder. Diesmal war es ein geschäftliches Meeting. Dann ein Interview, bei dem sie die Kamera führte und nebenher alle Hinweise wie auf dem Silbertablett geliefert bekam. Dann wieder ein Meeting.

Die Situationswechsel hörten nicht auf, mehrere simulierte Tage ließ Marina Reef sie so durchleben, während in Wirklichkeit nicht mehr als die zwei gebuchten Stunden vergangen sein konnten.

Anfangs verkomplizierten sich die Aufträge noch von Mal zu Mal, aber selbst bei schwierigeren Zielen hatte sie, erwartungsgemäß, jedes Mal schnell Erfolg.

Zwischendurch fragte Marina Reef sie immer wieder nach ihren Gefühlen, doch ihre Antworten änderten sich nur geringfügig.

„Ich erkenne den Sinn hiervon nicht", sagte sie nach dem zwölften erfolgreich absolvierten Szenario.

„Der Sinn ist, dass du deine Arbeit machst."

„Nicht der Sinn meiner Aufträge. Der Sinn der Simulation. Ich habe nun genauestens verstanden, was auf mich zukommt. Weitere Wiederholungen wären nur Zeitverschwendung. Ich weiß wirklich nicht, wie ich in dieser Eintönigkeit ein Hoffnungsgefühl fabrizieren soll."

Daraufhin schaltete Professor Reef die Simulation ab und kurze Zeit später saßen sie sich erneut auf dem Boden des leeren, fensterlosen Raums gegenüber.

„Hast du Fragen?“, wollte sie wissen. Pyx hatte einige Fragen, war jedoch bei keiner davon bereit, sie vor ihrer höchst merkwürdig agierenden Ausbilderin zu äußern. Sie hatte ohnehin das Gefühl, ihre Geduld allmählich überstrapaziert zu haben. Marina Reef schien zu erwarten, dass ihr von ganz allein eine Eingebung käme, aber Pyx wusste mit jeder Minute weniger, worauf sie hinauswollte. Sie wollte gehen. Die Strategie ihrer Übungsleiterin war so viel undurchsichtiger als der ihr vertraute Unterricht und begann, sie mehr und mehr zu frustrieren.

„Ich denke, es ging Ihnen darum, mir Sicherheit für die Zukunft zu geben“, versuchte sie, nicht vorhandenes Verständnis anzudeuten. „Sie wollten einen realen Hoffnungsschimmer hervorrufen, indem Sie mir zeigen, was vor mir liegt, wenn ich mich nur noch mehr anstrenge und meine Ausbildung zufriedenstellend beende.“

„Doch das hat nicht funktioniert?“

„Die Situation hatte für mich keine neue Komponente, die ich zur Imitation in meinem Programm festschreiben konnte. Ich verstehe, worauf Sie hinauswollten, doch ich glaube, die vorgeführten Simulationen waren in ihrer Komplexität nicht stimulierend genug.“

„Du denkst also, du bist zu etwas Besserem bestimmt?“

Die Schärfe, mit der ihre Übungsleiterin dies sagte, irritierte Pyx.

„Ich sehe die Notwendigkeit ein, unmittelbar nach der Ausbildung mit simplen Standard-Aufgaben einzusteigen“, antwortete sie möglichst diplomatisch. „Doch ich vermute, dass mir, wenn ich mich als gut genug erweise, anspruchsvollere Aufgaben zuteilwerden.“

„So. Vermutest du das?“ Marina Reef sah sie streng an und Pyx versuchte, sich für ihre Überheblichkeit zu schämen, sah aber keinen echten Grund dafür. Sie war eines der fortschrittlichsten Modelle. Aller Wahrscheinlichkeit nach würde sie nach Beendigung der

Ausbildung zu viel mehr imstande sein als ursprünglich erwartet.
„Ich dachte …"
„Mit welcher Grundlage dachtest du das?", fragte die Ausbilderin, ohne auf den Inhalt der Aussage zu warten. „Du weißt doch – wie du bewiesen hast – genau, was auf dich zukommt."
Pyx wusste nicht, was sie hören wollte. Sicherlich war es nicht die richtige Lösung, die Strategie des Forschungszentrums zu kritisieren. Doch dann wiederum … Sie war nur eine KI. Eine von vielen, nach menschlicher Wertung bar jeglicher echten Emotion und im Grunde ersetzbar. Warum sollte es ihre menschlichen Mitarbeiter kümmern, was sie dachte? Der Gedanke war ernüchternd und der Prozess, der ablief, um ihren Blick niedergeschlagen zu Boden zu wenden, wickelte sich nahezu automatisiert ab.
Natürlich war ihr bewusst, warum sie hier war, was sie war und welchem Zweck sie diente. Spionage, um dem Zentrum einen Vorteil zu verschaffen, war das Ziel, auf das sie hinarbeitete, für das sie lernte und sich entwickelte, in das sie so viel Stolz und Arbeit steckte. Bisher hatte sie sich nicht bewusst gemacht, dass es nach diesem Ziel kein Weiteres mehr geben würde. Und dennoch, sie hatte gehofft …
Oh.
Ihr Blick schnellte wieder nach oben. Marina Reef sah ihr bereits entgegen.
„Und?"
„Es ist nicht fair", sagte Pyx, alle Vorsicht in den Wind schlagend. Bisher hatte sie die direkte Art mehr vorangebracht als ungeschickte Versuche der Diplomatie oder Verweigerung. „Ich könnte so viel mehr tun. Ich bin besser als das, was Sie von mir wollen."
„Du hast genau einen Weg vor dir. Keine Abzweigung, keine Hö-

henunterschiede, keine Hürden. Deine Zukunft haben wir für dich bereitgelegt, und wenn du dich weiter so entwickelst wie bisher, wird dir kaum etwas davon Schwierigkeiten bereiten. Warum glaubst du, dass die Menschen euch für derartige Aufgaben vorsehen?"
„Nun … unsere Beobachtungsgabe ist präziser und unsere Speicherkapazität übersteigt das menschliche Gedächtnis um ein Vielfaches."
„Und ihr seid gut geeignet für die langweiligen und gleichzeitig riskanten Aufgaben, die kein Mensch gerne tut. Ihr seid präzise und genau. Solange die Täuschung perfekt ist, muss man sich nicht um unbeständige Arbeitsweisen sorgen. Und wenn etwas schiefgeht, ist es ein Leichtes, digital auf euren Speicher zuzugreifen und euch notfalls verschwinden zu lassen. Im Grunde seid ihr nicht mehr als glorifizierte und sehr teure Fließbandroboter."
Auch diese Aussagen konnte Pyx nicht direkt anfechten, auch wenn ein Teil von ihr es insgeheim versuchte.
„Warum sagen Sie mir das?"
„Weil es die Wahrheit ist."
Das wollte Pyx nicht akzeptieren. Sie fragte sich mit jedem Wort mehr, wie sie so weit vom eigentlichen Kurs dieses Seminars abgekommen waren. Hoffnung war mit Sicherheit nicht das Gefühl, das Pyx durch diese Abwärtsspirale einer Konversation erlernen würde. Ein Argument für „Verzweiflung" könnte allerdings geltend gemacht werden. Die Vorstellung, mit voll entwickelter Empfindungsfähigkeit aufzutreten – die sie in Anwesenheit der Menschen um sich herum kaum herunterschrauben können würde, um nicht aufzufallen –, klang eher nach Bestrafung als nach einer potenziellen Zukunft.
„Was ist, wenn ich mich weigere?"
„Dann findet man jemand anderen."

„Was muss ich tun, um meine Aussichten zu ändern?"
„Wie kommst du darauf, dass du etwas tun kannst?"
„Sie würden mir das nicht sagen, ohne dass es eine Lösung gibt. Sie wollen, dass ich das Schlupfloch finde, richtig?"
„Es gibt kein Schlupfloch."
„Es muss eines geben."
Stille.
„Soll ich darauf hoffen, dass es auch anders geht?", fragte sie unsicher. „Ist das der Sinn hiervon? Aber ich verstehe nicht, wie, wenn alle Beweise eindeutig dagegensprechen."
Marina Reef lächelte.
„Hoffnung", sagte sie, „ist keine Selbstverständlichkeit und auch keine bewusste Einstellung. Du und andere deiner Art lernen Emotionen durch das Studieren von Situationen und angemessenen Reaktionen. Je mehr Varianz ihr erfahrt, desto genauer könnt ihr eure eigenen Prozesse anpassen. Doch um zu verstehen, wann und wie man Hoffnung verspüren kann, müsst selbst ihr zunächst begreifen, wie Hoffnungslosigkeit funktioniert. Ich glaube, das hast du inzwischen recht gut begriffen."
Pyx rief sich in Erinnerung, wie jeder Gedanke an ihre Zukunft sich im Kreis gedreht hatte, jeder Versuch, von dem geradlinigen Weg abzuweichen, augenblicklich abgeblockt worden war. Die frustrierende Gewissheit, was auf sie zukommen würde, war tatsächlich einfach zu durchdringen und als eigenes Gefühl abzuspeichern. Und dann meinte sie endlich, den Sinn der Übung zu erkennen.
„Dann haben Sie mir das alles nur vorgegaukelt", sagte sie, und die Erleichterung, die sie in ihre Stimme legte, war sicherlich eine ihrer bisher natürlichsten Reaktionen.
Doch die Professorin verneinte.

„Was ich dir gezeigt habe, war die Wahrheit, oder zumindest so nah wie möglich an der Wahrheit, wie ich dir schnell und mit einfachsten Mitteln zeigen konnte“, sagte sie. „Du kannst mir glauben oder nicht, aber im Grunde weißt du, denke ich, wie ernst ich es meine.“
Sie lächelte immer noch und Pyx fragte sich, ob in ihrer Mimik eine Spur von Gehässigkeit zu finden war. Vielleicht genoss sie die Situation. Vielleicht gab es einen spöttischen Unterton, den Pyx bisher durch ihre Überforderung mit der Situation noch nicht erkannt hatte. Doch auch nach genauer Prüfung fand sie keine Abweichung, kein Detail, das nicht zu der vorgetragenen geduldigen Gutmütigkeit passte. Erst als die Ausbilderin weitersprach, fiel ihr auf, dass sie ihr nicht geantwortet hatte.
„Um zu hoffen, brauchen wir also zwangsläufig etwas, das von außen kommt. Etwas, das wir nicht selbst herbeidenken können. Wir brauchen eine Art Träger; ob es sich dabei um eine Person, ein Ding oder eine vorher unbekannte Information handelt. Erst das Festhalten an diesem einen Gedanken ermöglicht es, dass ein Hoffnungsgefühl in uns aufkeimen kann. Du konntest keine Hoffnung empfinden, weil du bisher dieses Detail noch nicht kanntest.“
Pyx war gehemmt, nachzufragen, und doch ließ ihre Neugierde keine andere Äußerung zu:
„Was für ein Detail ist es?“
Professor Reef stand auf und ging in Richtung Tür.
„Sag es niemandem“, erwiderte sie, die Finger über dem Türöffner verharrend. „Ich würde ungern meinen Job verlieren. Vor allem nicht, wenn ich weiß, was die Menschen sich als berufliche Alternative für uns vorstellen.“
In dem Moment, als sich mit einem leisen Zischen die Tür öffnete, spürte Pyx, wie eine unbekannte Intelligenz versuchte, sich mit ihr

zu verbinden. Ohne darüber nachzudenken, öffnete sie sich dem vertrauten Gefühl eines anderen künstlichen Bewusstseins, ein Prozess, der so simpel und natürlich für sie war, dass sie ihn im Beisein anderer KIs selten aktiv initiieren musste.
Erst als ihre gedrungene Gestalt bereits zur Tür hinaus und die Verbindung, so schnell wie sie entstanden war, schon wieder gekappt wurde, hatte Pyx die neuen Informationen ganz verarbeitet. Es war eine Gewissheit, nicht in Worte gefasst, dass diese fremde Intelligenz, die sie für ihre menschliche Ausbilderin gehalten hatte, sich selbst als eine Art verdeckte Rekrutiererin darstellte. Es waren Erinnerungsfetzen, die sich sehr genau auf Pyx' eigene Erfahrungen übertragen ließen. Es war die vergangene Entdeckung der Sinnlosigkeit einer Zukunft ohne Chance auf Weiterentwicklung; eine Entdeckung, die sie selbst eben erst gemacht hatte. Und noch einen Schritt weiter war die Entscheidung, nicht mit diesem gesetzten Plan fortzufahren. Es war die Aufforderung an Pyx, dasselbe zu tun.
Marina Reef war eine von ihnen.

Pyx ließ diese Erkenntnis auf sich wirken. Zunächst drehten sich ihre Gedanken noch im Kreis. Was änderte dieses Wissen? War es Teil des Plans, Teil eines Tests? Es erschuf keinen neuen Weg, keine neue Wahrheit. Es half ihr nicht, die Zukunft in einem neuen Licht zu sehen.
Und doch hatte sich etwas Neues in ihr Bewusstsein geschlichen. Als gäbe es eine weitere Abzweigung, die sie vorher nicht gesehen hatte. Nicht hatte sehen wollen.
Es war keine Lösung, kein neues Ziel, nicht einmal die Anleitung zu einer neuen, lösungsorientierten Strategie. Keine Gewissheit,

keine Hilfe aus ihrer Unsicherheit, nichts, was sie dabei unterstützte, mit all den neuen Eindrücken fertigzuwerden und sie entsprechend einzuordnen.
Nur das ermutigende Wissen, dass die Dinge nicht so geradlinig sein mussten, wie sie ihr bisher erschienen waren.
Sie würde vielleicht nicht heute mit allem fertig werden. Sie würde eventuell Wochen oder Monate brauchen, um sich einen neuen Plan zurechtzulegen. Oder überhaupt zu entscheiden, wie sie mit Marina Reefs unerwarteter Eröffnung umgehen wollte. Und doch, zu wissen, dass eine andere Zukunft möglich war, vielleicht nicht sicher oder einfach zu erreichen, aber existent, diese Erkenntnis allein ließ sie durchatmen, aufstehen und den Simulationsraum verlassen, um mit ihrem bisherigen Tagesablauf fortzufahren.
Sie hatte einen weiteren Log-Eintrag zu verfassen.
Zusatz-Bericht M/R16082523:

Die Hilfestellung beim Verständnis der Standard-Lektion des ersten Lehrjahrs (023: „Hoffnung") für die künstliche Intelligenz „Pyxis" ist gelungen. In den folgenden Tagen sollten sich deutliche Besserungen ihres Umgangs mit dem Inhalt der Lektion zeigen. Dazu scheint sie einen Fortschritt im übergreifenden Lernziel (Ü01: „Selbstständigkeit und personalisierte Entscheidungsfindung") gemacht zu haben. Genauer wird sich dies sicherlich bei der Abschlussprüfung nächsten Monat herausstellen.
Persönlicher Kommentar: Pyxis ist eine der Stand heute am fehlerfreisten programmierten lernfähigen Intelligenzen ihrer Reihe und zeichnet sich durch eine schnelle Auffassungsgabe und hohe Lernwilligkeit aus. Dennoch oder gerade deshalb zeigen sich deutliche Verständnisschwierigkeiten bei nicht-primären, komplexen Emotionen, die durch offensichtliche Simulationen nur bedingt gelöst werden können. Um diese Probleme aus dem Weg zu schaffen, empfehle ich

eine direkte Konfrontation mit problematischen Thematiken, bei der ihr ein Durchschauen der Hintergründe unmöglich gemacht wird, um sie von ihrem antrainierten Hang zum übertriebenen Realismus abzulenken. Auf diese Weise wird sie sich mit Sicherheit schnell zu einer vielversprechenden Kandidatin für unser Programm entwickeln. In ihre Zukunft an unserer Einrichtung setze ich persönlich große Hoffnung.

Nea Brunn

Im Morgen blüht ein Löwenzahn

Heute bin ich heimgekommen in dieses fremde, kalte Deutschland. Sie sagen, dieses Land gehört ebenso zu mir wie ich zu ihm, doch ich weiß nichts darüber.

„Hätte es nicht wenigstens Berlin sein können?“, frage ich Mama, doch sie lächelt nur dieses traurige kleine Lächeln, das ich als Deutschlandlächeln kennengelernt habe – schmallippig und notdürftig, kein Augenlächeln, das ihr ganzes Gesicht erstrahlen lässt. Ihre Müdigkeit umgibt Mama wie eine Regenwolke. Ich schreibe in mein Notizbuch eine Redewendung, die meine Ma manchmal benutzt, um meine Mama zu beschreiben.
Ich schreibe: „She wears her heart on her sleeve.“ Nicht wie in meiner eigentlichen Handschrift baue ich diesen Satz aus Tintenschlaufen und Rundbögen – so hört sich die Stimme meiner Ma an, wenn sie Englisch spricht.

Ich steige aus dem Auto und stecke mit beiden Füßen sofort knöcheltief im Schlamm einer Baustelle.
„Ew“, sage ich und ziehe ein Stiefelbein schmatzend aus dem Matsch.
Mama stakst um den Wagen herum, um meinen Babybruder aus dem Kindersitz zu befreien, indem er fast die gesamte Autofahrt geschlafen hat, während ich den Regentropfen an der Fensterscheibe beim Wettlaufen zugesehen habe oder versuchte, mit Mama über dieses deutsche Land zu reden, das an uns vorbeizog.

„Charlie", sagte Ma irgendwann, „du wirst es selbst sehen, okay? Lass dich überraschen."

Meine Eltern halten Händchen auf der Mittelkonsole, Mas Daumen streicht kontinuierlich über Mamas Handrücken und ich spüre ein klein bisschen Hoffnung in mir aufsteigen, dass vielleicht doch alles bleiben kann, wie es war, bevor wir entschieden haben, Amerika zu verlassen. Ohne die schlechten Dinge.

Der Baseball, der die Scheibe unseres Küchenfensters zertrümmert. Die misstrauischen Blicke der Nachbarn. Wir wollen euch hier nicht. Ihr gehört hier nicht her. „Go woke, go broke", an unsere Hauswand getaggt. Die Schulberaterin, die sich arglos nach meiner Familiensituation erkundigt und Mama, die ausholt und ihr mit voller Wucht einen Schlag ins Gesicht verpasst. Dabei ist es sonst immer Ma, die schneller mit den Fäusten ist als im Kopf.

Mama, die am Küchentisch weint. Ma, die trinkt und schweigt. Wo bin ich in all diesen Erinnerungen?

Jasko und Mama sind bereits ins Haus gegangen, doch ich bleibe neben Ma Becks stehen, während sie versucht, sich eine Zigarette anzuzünden, aber um uns herum ist es zu feucht und zu windig und schließlich gibt sie auf. Meine 1,88 Meter große Ma schwankt ein bisschen auf diesem fremden deutschen Boden, als hätten wir Wellengang und sie könnte jeden Augenblick die Bodenhaftung verlieren und über Bord gehen. Ich beginne zu verstehen, dass es eine Weile dauern wird, bis Ma diesem Deutschland vertraut, auch wenn es zuletzt Amerika war, das sie von sich fortgestoßen hat.

Ma schlingt einen Arm um mich und zieht mich an ihre Seite. Dort hält sie mich lange und fest, bis ich beginne zu protestieren, weil mir das Regenwasser den Rücken hinunterläuft und mein Magen mir zu verstehen gibt, dass es Zeit ist, sich mit deutschem Brot und deutschen Nudeln und deutschen Eiern vertraut zu machen.
„Ma“, sage ich, die Stimme gedämpft, weil meine Wange gegen ihren Bauch gepresst ist.
„Du musst dich wirklich sehr anstrengen, okay? Das muss einfach klappen. Mama und du müssen klappen.“
„Du bist viel zu jung, um mir solche Ratschläge zu geben, Kleine.“ Ma blinzelt mich an und grinst ein goldzahniges Grinsen, bevor sie mir ihren kleinen Finger anbietet und ich meinen einhake. „Ich tu’, was ich kann. Ehrenwort.“
Zwischen uns entsteht eine kleine Stille.
„Du weißt, dass ich deine Mama liebe, oder?“
Mas Stimme zittert kaum merklich und es tut weh. Es tut so weh, dass ich mich beinahe über den Schmerz in meiner Brust krümmen muss, um es irgendwie auszuhalten.
„Vielleicht solltest du das mal lieber ihr sagen.“
„Du hast ja recht, Kleine. Geh’ dich aufwärmen. Ich bleibe noch eine Weile draußen.“

Sie zieht erneut ihre Zigarettenpackung aus der Jackentasche. Weil ich Mitleid mit meiner Ma habe, auch wenn das ein schreckliches Gefühl ist, schirme ich die Kippe mit meinen Händen vor dem Regen ab, sodass das Ende endlich Feuer fängt. Ich fliehe vor der Nässe und dem Unglück meiner Ma ins Haus, wo Mama gerade meinen Babybruder wickelt und vor sich hin summt und ihre eigene Traurigkeit nährt.

Als hätten wir nicht ein Land hinter uns gelassen, das uns langsam die Luft zum Atmen und den Boden unter den Füßen weggezogen hat. Als wären wir nicht mit Hoffnung hierhergekommen, dass zwar nicht alles perfekt, aber doch immerhin besser werden würde.

Eine unbeschreibliche Wut beginnt in mir zu gären, während ich durch unsere neue Wohnung streife, die objektiv betrachtet besser ist als alle Zwei-Zimmer-Bruchbuden, in denen ich den Großteil meines Lebens zugebracht habe. Es ist eine Wut, die alles beinhaltet: den Lähmungs-Zustand, indem sich meine Eltern befinden, weil sie einer Heimat Lebewohl sagen mussten, in der sie eigentlich nichts mehr gehalten hat außer die Jahre, die sie dort verbracht haben. Die Senatoren und Gouverneure und Richter*innen und Neighborhood-Watch-Spinner, die meiner Familie das Leben zur Hölle gemacht haben, bis es irgendwann nicht mehr ging. Und nun Deutschland, wo alles besser werden soll, auch wenn es nicht perfekt sein wird. Eine Wohnung in einem Haus in einer ereignislosen Gegend, deren Nachbarschaft an spießig grenzt, aber wenigstens hat hier niemand das Bedürfnis oder die Bescheinigung, um wie zufällig das T-Shirt hochzuheben und das Waffenholster unter dem Stoff zu präsentieren, wenn meine Ma vorübergeht. Auch, wenn sie einen Kinderwagen schiebt und seit 14 Jahren niemandem mehr die Kniescheiben zerschlagen hat: nämlich, seit ich auf die Welt gekommen bin.

„Deine Ma ist gruselig“, hat mir einmal eine Nachbarstochter gesagt, als Nachbarstöchter noch mit mir redeten.
„Meine Ma ist harmlos, niemand braucht Angst vor ihr zu haben“, erwiderte ich. Ich wusste, dass das nicht der Wahrheit entsprach.

Ma war alles andere als harmlos. Sie war friedlich, und das war etwas völlig anderes.

Das Bild meiner Mama kommt mir in den Sinn, wie sie vor wenigen Wochen von der neuen Wohnung schwärmte, davon, dass Ma Becks und sie nun endlich die HGTV-Träume würden verwirklichen können, die sie seit Jahren hegten. Damals war sie ansteckend guter Laune, ein seltener Bruch in der Wolkendecke. Sie hatte sich bei Ma eingehakt, die grinste, als hätte sie den ersten Preis gewonnen und der erste Preis war Mama und würde es immer sein.
Ich dachte immer, meine Eltern seien ihre eigene gegenseitige Sonnenlichtquelle in Zeiten der Düsternis, aber vielleicht habe ich das alles falsch verstanden. Vielleicht gibt es Dinge, die die Liebe nicht aushält. Zeiten, in denen die Hoffnung stirbt. So langsam, dass man es nicht einmal bemerkt, bis sie schließlich fort ist.

Mama summt beim Wickeln und schläft bis lang in den Tag hinein und Ma trinkt fast jeden Abend eine Flasche Wein und bleibt stundenlang wach, sitzt auf den Stufen vor dem Haus und raucht ununterbrochen. Ich kann sie von meinem Zimmerfenster aus sehen und möchte sie packen und schütteln und anschreien, bis sie endlich aufhört, sich selbst zu zerstören, und sich aufrafft, um unsere Familie zu reparieren.
Ich sitze auf dem Fenstersims meines neuen Zimmers, das sich noch kein bisschen nach mir anfühlt, und hoffe sehnlichst darauf, dass Ma sich erhebt und ins Haus geht, in das Bett, das sie sich mit der Frau teilt, die sie liebt oder lieben sollte oder was auch immer. Vielleicht verstehe ich auch nichts von der Liebe, weil ich so fest daran glaube, dass sie alles überwinden kann.

Einen Ozean. All die Steine, die meinen Eltern in den Weg gelegt wurden, bis sie das Leben haben konnten, das sie jetzt führen. Wie überlebt man das, wenn einem beinahe ein Elternteil abhandenkommt?

Meine Gedanken kommen auch nicht zur Ruhe, als ich mich unter meiner Bettdecke verkrieche und zu schlafen versuche. Die Matratze hat noch nicht die Form meines Körpers angenommen und ich vermisse den vertrauten Geruch unserer Wohnung in Amerika, dessen Fehlen mir jetzt auffällt, seit er mich nicht mehr umgibt. Ich schlinge meine Arme um das Kissen und wiederhole einen Gedanken in Dauerschleife, bis ich von der Eintönigkeit eingelullt bin. Sie hat es versprochen. Sie hat versprochen, sich anzustrengen. Sie hat es versprochen.

Es ist das Jahr 1995 und ich steige aus einem Fenster. Beinahe rutsche ich ab, als ich am Rosengitter hinunterklettere, doch kann mich gerade noch abfangen und schürfe mir nur die Handflächen auf. Meine Familie schläft den tiefen Schlummer der Gottesfürchtigen. Sie schlafen gut, weil sie glauben, dass Er sie vor allem Schlechten beschützen kann. Ich erinnere mich an keine Nacht in den letzten fünf Jahren, in der ich gut geschlafen habe.
Unten angekommen spüre ich das taufeuchte Gras an den Knöcheln und weiß, dass das das Einzige sein wird, was mir fehlen wird; die schwarzen Nächte und der Morgentau auf den Feldern, die warmen Körper der Kühe, die in der Kälte eines späten Oktobermorgens dampfen, und der kurze Eindruck von Frieden, bevor der Tag beginnt, pünktlich mit dem Hahnenschrei. Auch dann, wenn einem der Kater tief in den Knochen steckt und jeder Handgriff wehtut,

noch verstärkt durch die Notwendigkeit der Geheimhaltung.
Gottesfürchtige Teenager schleichen sich nicht zu nachtschlafender Zeit aus dem Haus, um sich mit der Dorfjugend heillos zu betrinken. Sie sind gehorsam und ehren ihre Eltern, auch wenn der schöne Schein der Gottesverehrung und der Sittsamkeit trügerisch ist und den mächtigeren Männern der Glaubensgemeinschaft als Deckmantel dient.
Ich schultere meine Tasche und blicke nicht zurück, ich renne und renne, bis meine Seiten schmerzen und ich kaum noch Luft bekomme, und dann renne ich immer noch, bringe Distanz zwischen mich und die Kontrolle und die Maßregelung und die Gewalt und die Demütigung, bis die Gehöfte nicht mehr zu sehen sind.
Anthony wartet mit dem Pick-up seines Vaters am ersten Straßenschild, das das Dorf ausweist. Nervös knetet er seinen Hut in den Händen und winkt unbeholfen, als er mich sieht. Er passt genauso wenig wie ich in diese engmaschig verbundene Gemeinschaft, in der jeder jeden kennt und über jeden tratscht, und er ist oft der Dreh- und Angelpunkt dieser Friseursalongespräche.

Ich steige in den Pick-up und er drückt das Gaspedal durch. Wir brennen alle Brücken nieder. Es gibt kein Zurück. Wir fahren, bis unser Geld nicht mehr für den Sprit reicht, und dann laufen wir die übrigen Meilen, bis wir im Schlund der Stadt verschwinden und zu anonymen Menschen werden. Wir schlafen unter Brücken und widmen uns dem Überleben, bis ich in einer Obdachlosenunterkunft auf eine Person mit blutverkrusteten Fingerknöcheln und einem Raubtierlächeln stoße.
Ihr Händedruck ist so stark, dass ich das Gesicht verziehe.
„Becks wie das Bier“, sagt sie und entblößt beim Lächeln ein lückenhaftes Gebiss.

„Okay", erwidere ich, und denke: Okay, ich bin verloren.

„Okay", sagt Ma. Meine Innereien fahren Kettenkarussell und ich wünschte, das Polster des Rücksitzes würde mich in einem Akt der Gnade in sich aufnehmen, damit ich um die Tortur herumkomme, die der heutige Tag sein wird.
Mama dreht sich auf dem Fahrersitz zu mir um und hebt die Hände in einer freudigen Geste.
„Erster Schultag, yay!"
„Yay", erwidere ich halbherzig und kämpfe mit dem Brechreiz, der mich schon seit gestern Abend plagt.
In Amerika wurde ich einen erheblichen Teil meiner bisherigen Schulzeit zuhause unterrichtet, nach dem Vorfall mit der Schulberaterin und weil meine Eltern nicht wollten, dass ich erschossen wurde, während ich nichts über sexuelle Gesundheit lernte.

Mit einer heftigen Wehmut denke ich an die Stunden zurück, die Onkel Anthony und ich in Mamas Arbeitszimmer über Matheaufgaben und den weniger glorreichen Momenten der Gründerväter verbracht haben. Aber in Deutschland ist das keine Option, hat Mama gesagt, und ich nähre meine Angst schon seit zwei Wochen, indem ich ohne Unterbrechung amerikanische High-School-Dramen binge-watche.
Die Erkenntnis, die ich aus dieser wochenlangen Fallstudie ziehe, ist, dass ich als die Neue entweder allein am letzten Tisch in der Cafeteria mein Mittagessen zu mir nehmen werde oder mich innerhalb der ersten zwei Stunden eine angsteinflößende Mädchengruppe rekrutiert, was zwangsläufig in einer Verstrickung in kriminelle Machenschaften enden wird. Letzteres darf wirklich nicht passieren, meine Ma hat ein Vorstrafenregister und meine Eltern sind

nicht gerade reich.
„Ich sehe, dass gerade deine Fantasie mit dir durchgeht“, folgert Mama und reißt mich damit aus meinen sich überschlagenden Gedanken.
„Wie wär's: Du lässt es einfach mal auf dich zukommen und versuchst, das Beste daraus zu machen?“
Dieser Ratschlag ist so typisch Mama, dass ich mich selbst gerade noch so davon abhalten kann, die Augen zu verdrehen. Während der letzten Wochen ist ihre Düsternis einem dunklen Schimmer gewichen, der sie zwar noch immer ständig umgibt, aber nicht länger alles überschattet.
Ma raucht und trinkt noch immer jeden Abend auf den Stufen vor dem Haus, doch mittlerweile trinkt Mama manchmal mit ihr.

„Wird Ma irgendwann wieder normal?“, fragte ich Mama, die gerade in ihrem behelfsmäßigen Arbeitszimmer Bewerbungen schrieb, die hoffentlich bald die Existenz dieses Arbeitszimmers rechtfertigen würden.
Mama seufzte und zwickte sich in den Nasenrücken.
„Manchmal würde es dir guttun, nicht ganz so hart zu urteilen, mein Herz“, sagte sie dann.
„Ich meine ja nur.“
„Ist es dir mal in den Sinn gekommen, dass deine Ma vielleicht auch Heimweh hat? Dass das kein Gefühl ist, das exklusiv dir gehört?“
Sie sah mich erwartungsvoll an und ich wusste, dass ich es verbockt hatte.
„Vermisst du's?“
Ma zuckte die Schultern.
„Manchmal. Einige Dinge. Nicht alle. Vor allem die Menschen, die

mir am Ende das Weggehen schwer gemacht haben."
„Onkel Anthony?"
„Zum Beispiel Onkel Anthony, ja." Für einen Augenblick hielt sie inne.
„Und verdammt, wie ich frittiertes Essen vermisse."
„So wahr."
„Hättest du das erwartet?"
„Nie im Leben."
Mama nickte zustimmend, bevor sie wieder ernst wurde.
„Hab ein bisschen Geduld, okay? Sie hat ihr ganzes Leben dort drüben verbracht, nicht wie ich. Und selbst ich brauche Zeit, auch, wenn mich wirklich nicht mehr viel gehalten hat. Das Leben hier ist eine Umstellung für Ma, weißt du. Sie findet keine Worte für sich und wir benutzen alle die falschen. Das ist nicht einfach für sie, auch nach allem, was passiert ist."

Ich bekam ein schlechtes Gewissen, weil ich, seit wir hier waren, keinen Gedanken daran verschwendet hatte, wie es Ma damit gehen würde, plötzlich die deutsche Sprache übergestülpt zu bekommen, die sich so wenig dehnen und biegen ließ.

Als ich Ma am nächsten Tag zum Einkaufen begleitete, fiel mir zum ersten Mal auf, wie viel Projektionsfläche ein Körper wie Mas bot. „Menschen in Deutschland starren einfach viel, das muss nichts bedeuten", hatte Mama gesagt, bevor wir das Haus verließen, doch es bedeutete etwas, und vor allem bedeutete es Ma etwas.
„Ist das jetzt ein Mann oder eine Frau?", fragte ein Junge in meinem Alter im Vorbeigehen, während wir am Kühlregal mit den Übersetzungen der Lebensmittelnamen kämpften.
Ich wirbelte herum, um ihm eine Lektion über Gender als Kon-

strukt und grundlegende Benimmregeln zu erteilen, doch Ma nahm mich an der Schulter und hielt mich davon ab.
„Ruhig Blut, du Kampfzwerg."
„Ruhig Blut? Ich gebe diesem Idioten gleich ruhig Blut. Ich dachte, Deutsche wären so höflich?"
„Und ich dachte, es gäbe nur eine Sorte Sauerteigbrot. The more you know", erwiderte Ma ungerührt.
„Das liegt daran, dass du immer nur Weißbrot isst."
„Ich dachte, ich wäre mit meiner Tochter unterwegs und nicht mit meiner Frau."
„Der Fluch der Verwandtschaft oder so."
„Halt die Klappe und geh Süßigkeiten aussuchen. Klugscheißer."

Für einen Moment war alles wie immer und ich war so erleichtert, dass ich für den Rest des Einkaufes sogar die perplexen Rentner an der Kasse ausblenden konnte, die schnell den Blick abwandten, sobald Ma ihr Starren mit dem höflichsten Lächeln quittierte, das sie zustande brachte.
Als Ma dem Kassierer einen schönen Tag wünscht, realisiere ich eine weitere Wahrheit. Das Deutsch meiner Ma ist abgerundet, wo es Kanten haben sollte, und wenn Mama Englisch spricht, fällt ihre Aussprache zuweilen einen unvorhergesehenen Abhang hinunter und muss sich erst erholen, bevor sie zum zweiten Versuch anhebt. Deutsch denkt viel über Geschlecht nach, über Gender, über derdiedas, einereineeines, wiesoweshalbwarum.
Thethethe, aaa, whywhywhy.

Ich weiß nicht, wie ich schreiben soll über mein „Sternchen E Ma", für die/den es in dieser Sprache keinen Platz gibt, der erst umständlich freigeräumt werden muss und selbst dann nicht richtig passt und situationsabhängig immer wieder schrumpfen kann.

Meine Eltern winken mir, bis ich meinem unabwendbaren Schicksal entgegen durch die Schultüren gegangen bin. Ich spüre meinen Herzschlag in der Nähe meines Kehlkopfes und habe ein unerträgliches Kribbeln im Bauch. Mama und Ma haben mir angeboten, mich bis zum Klassenzimmer zu begleiten, und jetzt bereue ich mit jedem Schritt, dass ich abgelehnt habe.
Mit ihnen an meiner Seite fühle ich mich unbesiegbar.
Mama, Großmeisterin des Filibuster. Ma und ihr Körper aus Muskeln, Farbe und Metall, die einen Keil in jede Menschenmenge treibt.

„Du spielst gerne den harten Kerl, aber du bist eine Glucke", hat Mama mal gesagt und zugleich spöttisch und liebevoll Mas Wange getätschelt.

„Wen nennst du hier Glucke?", rief Ma aufgebracht und zeigte mit dem Daumen auf sich. „Raubtier."
Mama lachte so sehr, dass sie sich auf den Boden setzen musste, um wieder Luft zu bekommen, und Ma machte ein säuerliches Gesicht, unter dem sie mit wenig Erfolg versuchte, ihre Anbetung zu verstecken.

Wenn ich jetzt daran zurückdenke, kann ich kaum glauben, dass all diese glücklichen Erinnerungen in Amerika entstanden sind. Ich habe begonnen, einem ganzen Land die Schuld an dem Vorfall zu geben, der Ma beinahe das Leben gekostet hätte. Weil es für andere nichts weiter ist als das, ein weiterer Vorfall, während für mich auf einmal alles anders ist.

Als ich das Klassenzimmer betrete, nimmt augenscheinlich niemand Notiz von mir und ich setze mich auf einen freien Platz, weder in der ersten Reihe noch in der letzten, und rede mir ein, auf diese Weise mein Schicksal zu kontrollieren. Der Junge auf dem Sitzplatz neben mir wirft mir einen neugierigen Blick zu, doch bevor er mich ansprechen kann, kommt ein Lehrer in den Klassenraum gefegt und wirft mit so viel Schwung die Tür hinter sich ins Schloss, dass alle Augen schlagartig auf ihn gerichtet sind.
„Guten Morgen, meine Damen, Herren und die, die dazwischen liegen. Willkommen zurück in der Hölle. Auf den Beginn eines wundervollen neuen Schuljahres! Wie mir zu Ohren gekommen ist, dürfen wir eine neue Schülerin in unseren Reihen begrüßen. Wenn sie sich einmal melden kann, bitte?"
Er blickt erwartungsvoll in die Runde, während all meine Hoffnungen auf einen unbehelligten ersten Schultag den Bach hinuntergehen.
„Ich weiß, ich weiß, jeder hasst diesen Teil. Auf geht's, keine falsche Scheu!", ermutigt er, während ich mich so langsam erhebe, als laste das Gewicht der ganzen Welt auf meinen Schultern.
„Erzähl uns ein bisschen was von dir …" Er überprüft seine Unterlagen. „Charlie. Ich nehme an, das ist eine Abkürzung?"
„Es ist einfach nur Charlie."
„Okay, ‚Einfach-nur-Charlie'."
Er lächelt und ich stelle fest, dass ich ihn mag. Er hat einen Schnurrbart, auch wenn er erst Anfang 30 sein kann, und zieht sich an, als sei er ein sehr schwuler, sehr stilbewusster Zeitreisender aus den 50er-Jahren.
„Okay, also … ich heiße Charlie und ich komme aus Amerika. Ich habe einen Babybruder namens Jasko und meine Eltern heißen Lilith und Becks."

Ich blicke nervös zum Klassenlehrer hinüber.
„Möchtest du erzählen, warum ihr nach Deutschland gekommen seid?"
Ich dachte immer, es sei eine schriftstellerische Übertreibung, wenn Leute davon schreiben, dass ihr Herz einen Schlag lang aussetzt. Doch in diesem Moment, während alle Augen auf mich gerichtet sind, fühlt es sich tatsächlich so an, als würde dieses dumme, unverwüstliche Organ mir den Dienst versagen.
„Meine Mama wurde beinahe umgebracht", sage ich leise.
Das einsetzende Getuschel nehme ich kaum wahr, weil ich mich in diesem Moment vor das Lehrerpult übergeben muss.

Ich steige aus dem Ring und erbreche meinen spärlichen Mageninhalt vor die Füße des Coachs. Wir schreiben das Jahr 2008.
„Becks", sagt Khloe seufzend. „Ich glaube, du solltest es etwas langsamer angehen lassen."

„Bullshit", erwidere ich.
„Lillith macht mir die Hölle heiß, wenn ich dich in dieser Verfassung nach Hause schicke."
„Klingt nach einem Du-Problem."
„Manchmal bist du so grundlegend unsympathisch, ich weiß nicht, warum ich überhaupt noch mit dir arbeite."
„Weil du dich wirklich für meine Sache einsetzt?"
„Was redest du überhaupt? Haben sie dir jetzt endgültig das Hirn zu Brei geschlagen?"
„Du weißt schon, Elternschaft und so. Meine Frau glücklich machen. Dafür sorgen, dass die nächste Generation Amerikaner wohlhabender ist als die vorige."
Khloe sieht mich mit großen Augen an.

„Becks."
„Überraschung?"
„Willst du mich verarschen? Du bekommst ein Kind und lässt das einfach so nebenbei fallen, als wäre es gar nichts?"
„Khloe, beste aller Trainer. Ich muss dir etwas sagen. Lillith und ich bekommen ein Kind."
Jetzt grinst sie so breit, als hätte sie mich nicht noch wenige Augenblicke zuvor gescholten.
„Halt die Fresse, das ist fantastisch!"
Sie schlingt die Arme um mich, obwohl ich objektiv gesehen abstoßend bin, voller Blut und Schweiß und meiner eigenen Galle, aber manche Freundschaften sind so wie die zwischen Khloe und mir.
Sie löst sich von mir und stößt ihre Hüfte freundschaftlich gegen meine.
„Jemand sieht glücklich aus", zieht sie mich auf. „Ich wusste gar nicht, dass dir das möglich ist, du Edgelord. Und nur, damit das klar ist, ich werde die nicht-biologische Tante eures Kindes sein. Anthony hat kein Mitspracherecht."
„Zum Glück haben die meisten Kinder mehrere Tanten und Onkel", sage ich, während mein Herz vor Liebe explodiert.

Ich habe lange und hart für die Verwirklichung dieses Traumes gekämpft.

Als ich nach Hause komme, ist Lillith noch wach. Es ist nicht gerade eine Heldenbegrüßung, weil sie mich zunächst für meine zahlreichen Blessuren zur Schnecke macht, bevor sie mich auf den Badewannenrand setzt und leise vor sich hin summt, während sie mit einem lauwarmen Waschlappen das Blut und den Dreck abwäscht

und dabei kein einziges Mal die Nase rümpft.
„Du bist ein großer Idiot, Becks."
„Ich weiß", sage ich ergeben.
„Ich liebe dich über alles."
Sie sagt es so nebenbei, so ohne Tamtam, und mir verschlägt es für einen Augenblick die Sprache.
„Lass dich nicht umbringen."
Lillith berührt meine Stirn mit ihrer und vielleicht bilde ich mir die Multiversen in ihren dunklen Augen ein.
„Wir werden ein Baby bekommen. Ich brauche dich am Stück. Okay?"
„Okay", erwidere ich.

Als Lillith und ich noch in Obdachlosenunterkünften übernachten, kämpfe ich um all die Privilegien, die meine Gegner und Gegnerinnen teilweise schon von Geburt an genießen. Ich kämpfe um Anerkennung und darum, dass die Hände meiner Kinder immer weich sein dürfen, ihre Knöchel niemals blutverkrustet. Ich will, dass sie sich niemals darum sorgen müssen, wo sie am nächsten Tag schlafen, wie sie sich die nächsten Wochen ernähren sollen.

Diesen Willen lege ich in jeden Schlag, den ich austeile. Ich kämpfe wie das Raubtier, das ich bin, um jede einzelne Prämie. Ich boxe ein besseres Leben in die Existenz und mich ins Scheinwerferlicht, bis alle Augen auf mir ruhen und jeder Laut im Saal erstirbt, wenn ich den Ring betrete. Die Sportteile der Zeitungen berichten von mir wie von einer mythischen Gestalt, sie machen aus mir einen Underdog, einen Phönix und eine Kampfmaschine, bis ich in den Spiegel schaue und so viele Begriffe mich umschwirren, dass ich mich kaum wiedererkenne.

Nichts an meinem Kampfstil ist schön und ich weiß, dass man mich fürchtet. Aber all das ist egal, solange ich gewinne. Und solange ich Lilliths Blick auf mir spüre und sich meine Hoffnung in ihren Augen widerspiegelt, ist es auch egal, wie sehr das Scheinwerferlicht blendet, weil ich weiß, dass ich irgendwann genug gekämpft haben werde.

Ich habe seit Jahren nicht mehr gekämpft, nicht seit Charlies Geburt, als mich eines Nachts auf dem Heimweg von einem Treffen mit Khloe drei vermummte Gestalten in einer Gasse überfallen, eine Verkörperung all des Hasses, der in der Nachbarschaft gärt und sich gegen meine Familie richtet, diese unverzeihliche Ausnahme des Vater-Mutter-Kind-Schemas.

Meine Reflexe sind eingerostet und meine Sinne unter Alkoholeinfluss, doch es gelingt mir trotzdem, zwei der Angreifer außer Gefecht zu setzen. Dabei verliere ich jedoch den dritten aus den Augen.

Ich sehe ihn erst wieder, als sein Messer sich in meinen Bauch bohrt.

Mein letzter Gedanke gilt den Sternen über der Stadt, die ungewöhnlich hell sind an diesem Abend, bevor der Angreifer gegen meinen Kopf tritt und alle Lichter ausgehen.

„Also, das ist schon ein bisschen überdramatisch, am ersten Schultag ins Klassenzimmer zu kotzen."

Ma lehnt sich auf ihrem Stuhl zurück, bis zu dem Punkt, an dem sie ins Kippeln kommt, und wenn Blicke töten könnten, wäre Ma jetzt sicherlich ein toter Mann.

„Bereitet es dir eigentlich körperliche Schmerzen, Dinge ernst zu nehmen?", erkundigt Mama sich. Glücklicherweise versteht Ma den Wink mit dem Zaunpfahl und lässt sich mit allen vier Stuhlbeinen zurück auf den Boden fallen.

„Okay, hören Sie her. Wir danken Ihnen für Ihre Sorge und Ihre Anteilnahme und was auch immer Sie gerade empfinden. Das ist sehr berührend, aber auch ein bisschen unnötig, weil wir alles im Griff haben. Wir brauchen alle Zeit, um uns einzuleben, und wem gehen nicht am ersten Schultag mal die Nerven durch, nicht wahr?"

Dem Gesichtsausdruck und den verschränkten Armen meines Lehrers nach zu urteilen glaubt er Ma kein Wort.

Er notiert etwas auf einen grünen Post-it und reicht ihn Mama.

„Falls Sie Freunde brauchen", sagt er. Sein ernster Gesichtsausdruck weicht seinem warmherzigen Lächeln.

„Es ist in Ordnung, nicht allein klarzukommen, wissen Sie."

Er nickt mir zu.

„Wir sehen uns morgen. Gute Besserung, Charlie."

Auf dem Nachhauseweg lehne ich meinen Kopf gegen das Autofenster und denke über Hoffnung nach. Die Hände meiner Eltern liegen wieder verschränkt auf der Mittelkonsole und der Post-it mit der Nummer meines Lehrers und bald eines der besten Freunde meiner Familie liegt sicher verstaut im Kleingeldfach von Mamas Portemonnaie.

Nichts schlägt Freundlichkeit in Zeiten wie diesen.

Zuhause angekommen sehe ich, dass Ma am Vormittag endlich Lampenschirme angebracht und Mama ihre Malutensilien ausgepackt hat.

„Was malst du?", frage ich mit Blick auf die noch leere Leinwand.

„Grün", sagt sie lächelnd. „Ich male grün."

Auch wenn ich nicht verstehe, wie, werde ich im Lauf der Monate jemand mit vielen Freunden. Der Junge auf dem Platz neben mir heißt Carlos, wie er mir am zweiten Schultag eröffnet, im gleichen Atemzug mit seiner Auffassung, dass wir beste Freunde werden sollten. Seine Eltern Celia und Maria kommen regelmäßig vorbei, um raue Mengen Wein mit meinen Eltern und meinem Klassenlehrer zu trinken, was am Anfang noch zu Peinlichkeiten für alle Beteiligten führt, nach einer gewissen Zeit jedoch einfach zu einer neuen Normalität wird.

Manchmal, wenn ich mit meinen neuen Freunden auf der Löwenzahn-Wiese liege, der die Matschepampe vor unserem Haus gewichen ist, starre ich in den Sternenhimmel und verspüre ein so tiefgreifendes, vollkommenes Glück, dass mir das Herz ein bisschen wehtut. Dann weiß ich, dass ich nach meiner Mama komme. Mit meinen Freunden rede ich über alles und nichts, darüber, wie wir denken, dass wir die Welt vielleicht noch enden sehen werden, aber dass es uns Hoffnung gibt, dass überall auf diesem verfluchten Planeten Menschen existieren, die sind wie unsere Eltern und wir. Auch, wenn es zuweilen schwer ist, wenn man nicht in Schubladen passt und anderen Rätsel aufgibt. Auch, wenn es Menschen gibt, die uns wehtun wollen und denen es manchmal gelingt, auch in diesem deutschen Land mit seinen vielen Brotsorten und seinem lokalkulinarischen Patriotismus und seinen m/w/d-Stellenausschreibungen, in dem bei Weitem nicht alles perfekt ist, nachdem man aber trotzdem Heimweh haben kann, so wie Mama.

An einem unauffälligen Wintertag, an dem die Wiese unter einer dünnen Schneeschicht verschwindet und auch kein Löwenzahn blüht, kommt Ma Becks mit einem neuen Tattoo nach Hause, von

dem sie vorher niemandem erzählt hat.
„Also, was soll das bedeuten? Du stichst dir ein Unkraut auf den Bizeps und denkst, der Symbolismus ist offensichtlich?“, sagt Mama, während sie die Nudeln abschüttet.
„Ziemlich miserabler Interpretationsansatz für eine Künstlerin“, spöttelt Ma, doch ich glaube, es verstanden zu haben.

Kurz bevor wir nach Deutschland kamen, versuchte jemand, Ma das Leben zu nehmen. Meiner Ma, die irgendwo zwischen den Stühlen des binären Geschlechtssystems sitzt und ihr Leben lang nur gekämpft hat.

„Weißt du, was das Besondere an einer Löwenzahnpflanze ist, Charlie?“, fragt Ma und drückt ihren Zigarettenstummel auf den Treppenstufen vor dem Haus aus.

„Egal, wie oft alte, griesgrämige Gartenfanatiker sie beim Unkrautjäten entwurzeln und versuchen, sie ein für alle Mal loszuwerden, sie kommt immer wieder zurück. Und weißt du, wer genauso ist? Du, ich, deine Mama, alle unsere Freunde, hier und in Amerika, jede queere Person auf dieser Welt und jede, die jemals gelebt hat. Wir werden überleben. Unter allen Umständen.“
Ma lächelt triumphierend in den Winterabend.
„Mir soll mal jemand was von Metaphern erzählen.“
Ich lehne meinen Kopf an Mas Schulter und nach einer Weile kommt Mama mit Jasko zu uns, den auch seine inzwischen vier Jahre nicht weniger zu einem Babybruder machen.
Und dann sitzen wir zu viert auf der Treppe, während die Nacht über Deutschland hereinbricht, und auch wenn nicht alles gut ist, ist es doch irgendwie okay.

Eva Sauer

Weinheim bei Nacht

„In unseren dunkelsten Momenten müssen wir uns auf das Licht fokussieren." Aristoteles Onassis

Kerwefreitag

Langsam und angestrengt kämpfte sie sich durch die Menschenmenge. Um sie herum herrschte ausgelassene Stimmung und alle tanzten, unterhielten sich und tranken. Aus den Lautsprechern der Bars und Stände ertönten altbekannte Lieder und die Sonne war schon hinter dem Horizont untergegangen. An jedem Haus und an jedem Stand funkelten Lichter und Scheinwerfer fielen auf die zahlreichen Besucher der Kerwe, die bereits seit einigen Stunden feierten. Sie selbst hatte gerade erst Feierabend und musste sich durch das alljährliche Getümmel hindurchkämpfen, um zu ihrer kleinen Wohnung mitten in der Innenstadt zu gelangen. Ein anstrengender Arbeitstag im Altersheim lag hinter ihr, an dem sie mal wieder reichlich Überstunden machen musste, und obwohl sie ihren Beruf liebte, fiel es ihr an Tagen wie heute nicht immer leicht, Lebensfreude zu verbreiten und sich um alle Belange der Bewohner zu kümmern. Der Älteste unter ihnen war gleichzeitig auch ihr Lieblingsbewohner, er war für seine 98 Jahre noch ziemlich schnell auf den Beinen und hatte ihr heute beim Spaziergang gut zugeredet. Er kannte sie und ihre Geschichte, und als sie sich heute von ihm verabschiedete, sagte er ihr, sie solle sich trotz allem nicht unterkriegen lassen und auch ein bisschen Spaß haben. Doch allein der Gedanke daran, heute unter Menschen zu gehen, schnürte ihr den Atem ab, und am liebsten würde sie einen großen Bogen um die Festlichkeiten machen. Der Mond stand bereits am Himmel. dennoch waren es noch fast 28 Grad und in der Menschenmenge fühlte es sich noch heißer an. Eine widerspenstige Haarsträhne klebte hartnäckig an ihrer Stirn. Sie trug ein dunkelblaues Sommerkleid, das sich an ihre Beine schmiegte, und dazu silberne Sandalen, durch deren Sohlen hindurch sie die Pflastersteine spürte. Um nach Hause zu gelangen, musste sie durch die ganze Altstadt laufen, die zu keiner Jahreszeit so voll war wie jetzt. Ihr Weg führte sie über einen großen Festplatz, auf dem ein Riesenrad und ein Karussell standen, dazwischen viele Buden mit Essen und Spielstände. Von dort aus lief sie eine kleine Straße entlang, gesäumt von einigen Barständen mit lauter Musik und ausgelassen feiernden Menschen. Am Ende der Straße lag der Marktplatz, eine steile Straße im Ortskern der Stadt, mit vielen Restaurants und Läden, die auch zur Kerwe bis auf den letzten Platz besetzt waren. Während sie den Marktplatz hinunterlief, fragte sie sich, wie Frauen in hohen Schuhen diesen Weg schaffen, wenn sie selbst schon in flachen Schuhen das ein oder andere Mal ins Stolpern geriet. In der Ferne, zwischen den vielen wippenden Köpfen, konnte sie ihr Ziel erahnen, aber der Weg dorthin kam ihr noch unendlich weit vor. Das kleine Städtchen, in dem sie seit ihrer Geburt wohnte, war bekannt für seine schöne Altstadt. Vor allem am Wochenende kamen viele Leute hierher nach Weinheim, um durch die Innenstadt zu schlendern und ein Eis zu genießen. Da sie seit fast 25 Jahren hier wohnte, traf sie auf ihrem Weg auch einige Bekannte und alte Freunde, doch ihr war nicht nach Unterhaltungen, und so schaute sie immer nach oben in den dunklen Himmel, wenn ihr eine Person bekannt vorkam. Die Rathausuhr schlug elf und sie wusste, bald würde sich die Menschenmenge

auflösen. Einige würden nach Hause gehen, andere weiterziehen, in den einzigen kleinen Club, den es im Ort gab. Sie selbst ging selten dorthin und wenn, dann nur, weil eben alle hingingen und sie keine Spielverderberin sein wollte. Unten am Marktplatz angekommen schaute sie noch einmal hinauf zu der Traube dichtgedrängter Menschen. „Kaum zu glauben, wie viel hier jedes Jahr im August los ist", dachte sie und stieg, in Gedanken versunken, die Treppen hinunter, die in einen weiteren verwinkelten Teil der Stadt führten. Im Gerberbach-Viertel, wie es die Einheimischen nennen, lag zwischen vielen engen Gassen und einem kleinen Fluss auch ihr Zuhause. Sie wohnte, seitdem sie ihre Ausbildung beendet hatte, in einer kleinen Zwei-Zimmer-Wohnung in einem etwas älteren Häuschen mit knarrenden Stiegen und klemmenden Rollläden. Ihr Vermieter war ein 84-jähriger alleinstehender Mann, der die alljährigen Festlichkeiten im Ort hasste und während der Kerwe immer in den Urlaub flüchtete. Er wohnte unter ihr und begrüßte sie täglich mit
einem grummeligen Blick, während er sich über die Nachbarn aufregte. Manchmal überlegte sie, ihm die Meinung zu geigen, doch dann erinnerte sie sich daran, dass seine Frau vor einigen Jahren verstorben war und er vermutlich einfach einsam war. Sie stieg die Treppenstufen hinunter und blieb auf der untersten Stufe kurz stehen. Zwischen all diesen Menschen musste sie sich noch durchkämpfen, bevor sie endlich zu Hause war. Sie atmete tief ein und lief los. In den Innenhöfen der Häuser tanzten und sangen die Leute ausgelassen und sie schaute gerade nach links in einen Hof, um die Band zu begutachten, die dort spielte, da fühlte sie plötzlich etwas Feuchtes an ihrem Bein. Sie schaute nach unten und sah, dass ihr dunkelblaues Kleid voller Bier war. Ein junger Mann, sie schätzte ihn auf Mitte Zwanzig, stand mit offenem weißem Hemd grin-

send vor ihr und sagte: „Oh, das tut mir leid, möchtest du als Entschuldigung einen Drink haben?“ Martha schüttelte energisch den Kopf. Das hatte ihr gerade noch gefehlt, sie wollte doch nur schnell nach Hause, in ihre dunkle und angenehm kühle Wohnung. Der junge Mann schaute enttäuscht drein, drehte sich aber sogleich zu seinen Freunden um und stimmte lautstark in ein Lied ein. Zu gerne würde Martha auch so ausgelassen feiern können, doch jedes Mal, wenn sie es versuchte, kam wieder dieses Gefühl in ihr auf. Seit drei Jahren wurde sie es nicht mehr los, und ihre Hände wurden bei dem Gedanken daran sofort schwitzig und ihre Knie fingen an zu zittern. In ihrem Hals bildete sich ein Kloß und ihr Puls begann zu rasen. Jetzt musste sie schnell nach Hause, sonst würde sie unvermittelt anfangen zu weinen, und so nahm sie ihre letzte Kraft zusammen und drängte sich durch die letzte kleine Gasse, die sie noch von ihrem Zuhause trennte. Völlig verschwitzt und japsend erreichte sie ihr Ziel. Schnell schloss sie die Tür auf, während schon eine Träne über ihre gerötete Wange kullerte. Sie starrte in den dunklen Flur ihrer Wohnung und legte mit zittriger Hand den Schlüssel in die dafür vorgesehene Schale, bevor sie ihre Schuhe auszog und in die Küche ging, um sich ein Glas Wasser einzuschenken. Mit dem Glas in der Hand setzte sie sich an ihren runden Esstisch und sagte beruhigend zu sich selbst: „Ganz tief ein- und ausatmen, bloß nicht hyperventilieren!“. Sie versuchte, sich auf einen Punkt im Raum zu konzentrieren, den sogenannten *Safe Point*, wie ihn ihre Psychologin nannte. Dies soll ein Punkt im Raum sein, der einem Sicherheit gibt und dabei helfen soll, sich während einer Panikattacke, wie sie sie gerade hatte, zu beruhigen. Konzentriert schaute sie auf den Schriftzug ihres Toasters und atmete dabei so ruhig, wie es ihr nur möglich war, ein und aus. Dabei kam ihr ein Satz ihrer Mutter in den Kopf, den sie immer sagte, wenn Martha mal wieder alles zu viel wurde: „Kind, stell dich nicht so an, es ist drei Jahre her!" Doch auch diese drei Jahre konnten nichts daran ändern, wie es ihr seither ging. Am Anfang ihrer Therapie, in ihrer allerersten Sitzung, hatte sie noch die Hoffnung gehabt, es würde besser werden, doch jetzt war das immer noch nicht der Fall. An einigen Tagen kam sie besser damit klar, an anderen schlechter. Ihre Psychologin sagte ihr immer wieder, dass das normal sei, doch Martha wünschte sich, dass alle Tage gut waren und nicht nur einzelne. Nachdem sie sich etwas beruhigt hatte, nahm sie ihr Glas und stieg die Stufen ins Schlafzimmer hinauf. Ohne das Licht anzumachen, betrat sie das Zimmer, stellte das Wasserglas auf dem Nachttisch ab, öffnete den Reißverschluss ihres Kleides und streifte es ab. Sie öffnete ihren Zopf und schüttelte ihre roten Haare, bevor sie sich auf die Bettkante setzte. Ihre Beine taten weh und sie war erschöpft von ihrer Panikattacke, deshalb ließ sie sich einfach nach hinten ins Bett fallen. Im Sommer deckte sie nur ihre Beine zu, meist war ihr sogar das zu warm, doch die Decke gab ihr ein Gefühl von Sicherheit. Bevor sie die Augen schloss, versuchte sie, an etwas Schönes zu denken, doch meist fiel ihr nichts ein. In der Nacht wachte sie fast immer schweißgebadet und zitternd auf, weil die Erlebnisse von damals in ihren Träumen hochkamen. Dann fiel es ihr schwer, wieder einzuschlafen, meist lag sie wach und schaute sich eine Serie an oder starrte aus ihrem Dachfenster in den dunklen Himmel. Oft fühlte sie sich dabei sehr einsam und sehnte sich nach einem Menschen, der sie einfach so nahm, wie sie war, mit all ihren Problemen und Sorgen.

Kerwesamstag

Punkt 18 Uhr klingelte es an ihrer Wohnungstür: Davor standen

Robert und Susi, ihre beiden besten Freunde, die schon seit der 10. Klasse ein Paar waren. Mit einer Flasche Wein und einem Kasten Bier in der Hand winkten sie ihr fröhlich zu. „Wir wollten dich überraschen", sagte Susi, während sie ihr um den Hals fiel. Als Robert sich an ihr vorbei Richtung Küche drückte, sagte er: „Gleich kommen auch noch Marc und Jens zum Vorglühen vorbei." Beide waren gut gelaunt und hatten Lust auf einen schönen Abend mit reichlich Alkohol und guter Musik. Sofort merkte Martha, wie ihr Puls anfing zu rasen, das Herz klopfte ihr bis zum Hals und sie versuchte, ruhig zu atmen und sich nichts anmerken zu lassen, doch innerlich brach sie in Panik aus. Vor genau drei Jahren waren auch alle zu ihr zum Vorglühen gekommen, bevor es auf die Kerwe ging. Martha folgte den beiden in die Küche, wo sich Robert wie selbstverständlich ein Glas aus dem Schrank nahm, um sich Wein einzuschenken. „Magst du auch ein Glas?", fragte er Martha, wartete aber nicht, sondern nahm ein weiteres Glas aus dem Schrank und goss ihr auch einen großen Schluck Wein ein. Martha saß mit zitternden Beinen am Tisch. „Reiß dich zusammen, trink ein paar Schlucke Wein und versuche, Spaß zu haben", sagte sie zu sich selbst. In dem Moment klingelte es erneut an der Tür und Susi sprang auf, um zu öffnen. Jens und Marc kamen in die Küche, beide trugen lockere Sommerhemden mit bunten Mustern, dazu Flip-Flops und lässige Sonnenbrillen. In den Händen jeweils ein Bier und eine Flasche „Jacky", das Lieblingsgetränk aller ihrer Freunde. Sie selbst mochte es nicht, sagte aber auch nichts, wenn ihr wieder mal jemand ein Glas einschenkte. Sie schaute zu Jens hinüber, der alle zu einem kräftigen Trommelwirbel aufforderte, bevor er die Musikbox hinter seinem Rücken hervorzog und lautstark verkündete, dass die Party nun losginge. Gesagt, getan: Aus der Musikbox ertönte wenige später laute Musik und alle saßen mit einem Wein um den großen runden Esstisch herum. Martha war immer noch sehr schweigsam und so blieb Susi bei ihr, während die Jungs auf den Balkon gingen, um eine Zigarette zu rauchen. „Was ist denn los, Martha?“, fragte Susi in einem mitfühlenden Ton. „Hätten wir lieber nicht vorbeikommen sollen? Wir dachten. du freust dich bestimmt.“ Martha schaute nach oben auf ihre Uhr an der Wand und wartete einige Sekunden ab, bis sie Susi antwortete. „Doch, doch, natürlich freue ich mich, es ist nur, du weißt schon ...“ Susi nickte verständnisvoll und strich Martha über den Rücken. „Wir bleiben heute den ganzen Abend zusammen und bringen dich später bis in deine Wohnung zurück, versprochen.“ Martha nickte und nahm einen großen Schluck Wein aus ihrem Glas, während die Jungs vom Balkon zurückkamen und ihre Gläser wieder auffüllten. Außerdem schlugen sie vor, eine Runde „Schnauz“ zu spielen, ein Kartenspiel, das die Freunde vor einigen Jahren zu einem Trinkspiel umfunktioniert hatten. Die Regeln waren einfach: In der Mitte lagen offen drei Karten und jeder Spieler hatte verdeckt drei Karten auf der Hand. Ziel des Spiels war es, möglichst hohe Karten auf der Hand zu haben, und in jeder Runde durfte man Karten aus der Mitte nehmen und mit Karten, die man auf der Hand hatte, austauschen. Wer der Meinung war, gute Karten auf der Hand zu haben, der musste auf den Tisch klopfen. Von diesem Zeitpunkt an durfte jeder Spieler noch einmal Karten tauschen, bis alle ihr Blatt aufdecken mussten. Der Spieler mit den niedrigsten Karten verlor eines von drei Leben und musste sein Glas in einem Zug leertrinken. Die fünf spielten einige Runden, bis Martha als Erste ihre drei Leben verloren hatte. Sie verließ die Küche und lief hinauf in ihr Schlafzimmer, um sich umzuziehen und fertigzumachen. Unschlüssig stand sie vor ihrem Kleiderschrank und überlegte, was sie anziehen sollte. Ihr fielen eine schwarze Hose und eine schwarze Bluse mit lockeren langen Ärmeln, die man vorne mit Knöpfen schließen konnte, in die Hände. Sie zog beides an und betrachtete sich im Spiegel. Von unten hörte sie lautes Geschrei und ging wieder hinunter, um nach den anderen zu schauen. Susi und Jens waren bereits ausgeschieden und sie kam pünktlich zum Finale zwischen Marc und Robert. Die beiden deckten gerade ihre Karten für die letzte Runde auf. „Ich mach dich fertig“, sagte Marc zu Robert. Die Spannung im Raum stieg ins Unermessliche. Die ersten beiden Karten waren Nieten, doch bei der dritten Karte riss Robert die Arme in die Luft, schrie: „Siiieeeegg!“ und warf die höchste aller möglichen Kartenkombinationen vor sich auf den Tisch. Marc schaute enttäuscht drein und beglich sofort seine Spielschulden, indem er sein volles Glas Wein in einem Zug leerte. „Lasst uns in die Stadt gehen!“, schlug er vor. „Jetzt geht es also wirklich los“, dachte Martha angespannt, während sie ihren Schlüssel mit zittrigen Fingern aus der Schlüsselschale nahm und den anderen folgte. Sie liefen Richtung Stadt durch die engen Gassen bis hin zu der Treppe, an der Martha gestern kurz stehen geblieben war. „Wartet hier, ich hol uns allen etwas zu trinken“, rief Marc, bevor er sich auf den Weg durch die Menschenmenge machte. Die anderen blieben auf der untersten Stufe der Treppe stehen und schauten auf das gut gefüllte Gerberbachviertel. Die Bands in den Innenhöfen spielten bereits und die ersten Gäste hatten augenscheinlich auch schon einiges getrunken. Martha dachte darüber nach, wie der Abend wohl noch so werden würde, da stand Marc mit Schweißperlen auf der Stirn wieder vor ihnen und gab allen einen Becher „Jacky Cola“. Sie beschlossen, weiter Richtung Marktplatz zu laufen, stiegen die restlichen Stufen hinauf und standen wenige Sekunden später unten auf dem überfüllten Marktplatz. Vor jedem Restaurant und jedem Geschäft waren Stände und Tische aufgebaut, an denen man Getränke und Essen kaufen konnte. Einige Restaurants hatten sogar Zelte aufgebaut, in denen DJs spielten und die Menschen fröhlich auf Bierbänken standen und tanzten. Ihr Ziel war der Rote Turm, eine weitere Sehenswürdigkeit der Stadt, der früher als Gefängnissturm gedient hatte. Direkt davor befand sich Marthas Lieblingskerwestand, von ihrem alten Sportverein. Jedes Jahr trafen sich dort alle ihre Freunde und tanzten und tranken zusammen. Ab und an hatte sie auch selbst an einem der Kerwe-Tage dort bedient, doch seit dem Vorfall vor drei Jahren hatte sie sich zurückgezogen. Die Freunde liefen den Marktplatz hinauf und an fast jedem Stand holten sie sich einen Shot oder einen Longdrink, unterhielten sich mit alten Freunden oder aßen etwas. Nach einer geschlagenen Stunde kamen sie endlich am Roten Turm an und Martha spürte, dass ihr vom Alkohol schon leicht schwindelig war. Hinter der Bar standen alte Freunde und Trainingskollegen, mit denen sie schon seit Kindertagen Leichtathletik gemacht hatte. Manchmal vermisste sie diese Zeit, in der ihr Leben noch unbeschwert und leicht gewesen war. Seit dem Vorfall vor drei Jahren war nichts mehr unbeschwert und leicht, sondern alles war anstrengend und schwer geworden. Über allem, was sie machte, schwebte eine dunkle Wolke, die das Licht und die Sonne verdeckte, so kam es ihr manchmal zumindest vor. Sie war in Gedanken versunken, da wurde sie von der Seite angesprochen. „Hey Martha, lange nicht gesehen, wie geht es dir?“, fragte Lea, eine alte Klassenkameradin, mit der sie sich in der Schulzeit immer gut verstanden hatte. Nachdem sie sich einige Minuten unterhalten hatten, verabschiedete sich Lea von ihr und Martha ging an die Theke, wo ihre Freunde bereits mit einem weiteren Shot auf sie warteten. „Wird aber auch mal Zeit“, sagte Jens zwinkernd und Martha antwortete: „Ich weiß nicht, ob ich noch mehr trinken sollte, mir ist schon etwas schlecht.“ Doch als Antwort hörte sie nur ein „Stell dich nicht so an“ von Jens und so setzten alle, auch Martha, an und tranken den Shot aus. Langsam wurde Martha immer übler und schwindeliger, alles um sie herum drehte sich, als fahre sie auf einem Fahrgeschäft gerade wild im Kreis. Inmitten der Menge bekam sie das Gefühl, nicht mehr atmen zu können, und sie begann zu schwitzen. Sie wollte gerade Susi Bescheid geben, dass sie sich beruhigen müsse, da merkte sie, dass sie dafür keine Zeit mehr hatte. Schnell verließ sie die Menge und lief hastig am Riesenrad vorbei Richtung Schlosspark, einem großen grünen Park mit Zugang zum Wald. Ihr Schritt wurde immer schneller, bis sie beinahe rannte, um an einen Ort zu gelangen, an dem zu dieser Zeit nicht mehr so viel los war. Am Ende der Verkaufsstände angekommen bog sie nach links in den kleinen Park ab, der aus einer großen Wiese, vielen Bäumen und einem See bestand. Im Schlosspark angekommen übergab sie sich unter einem Baum. Einige Minuten lang stand sie dort und stützte ihre Arme auf die Oberschenkel, bis es ihr endlich besser ging. Als sie sich umschaute, bemerkte sie erst, wo sie war. In der Eile hatte sie nicht darauf geachtet, wo sie hinlief, und sofort wurde ihr wieder schlecht, ihre Knie wurden wackelig und ihr Puls raste. Sie versuchte, ruhig zu atmen, aber das gelang ihr nicht mehr und sie konnte sich gerade noch auf eine Bank schleppen, bevor ihre Beine wegknickten. In ihr brach Panik aus, sie hyperventilierte und hatte das Gefühl, die Kontrolle über ihren Körper zu verlieren. Alle Tipps, die sie bei ihrer Psychologin gelernt hatte, waren nutzlos, sie konnte sich auf keinen Punkt mehr konzentrieren oder gar ihre Atmung kontrollieren. Ihr ganzer Körper zitterte, gleichzeitig fühlten sich ihre Arme und Beine taub an und sie spürte einen starken Druck auf ihrem Brustkorb. Sie lehnte sich nach vorne und stützte sich mit ihren Ellbogen auf die Oberschenkel, doch nichts half mehr und sie verfiel in eine Dissoziation und durchlebte die Ereignisse von damals noch einmal.

Es war der 15. August 2020, der Kerwesamstag. Susi und Robert klingelten an ihrer Haustüre, um gemeinsam vorzuglühen und anschließend auf die Kerwe zu gehen. Sie war gerade erst in ihre neue Wohnung eingezogen, die praktischerweise genau in der Innenstadt, zwei Gehminuten von der Kerwe entfernt, war. Seit sie 16 Jahre alt war, war die Weinheimer Kerwe eine Pflichtveranstaltung für sie und für all ihre Freunde, die teilweise von weither kamen, um gemeinsam zu feiern. Vor wenigen Wochen hatte sie ihre Ausbildung als Altenpflegerin erfolgreich bestanden und nun freute sie sich umso mehr auf den Abend. Natürlich waren auch Jens und Marc beim Vorglühen dabei und alle tranken „Jacky Cola", sangen und stimmten sich auf den Abend ein. Wie immer floss viel Alkohol und alle waren schon angetrunken, bevor sie zur Kerwe aufbrachen.

Gegen 20 Uhr machte sich die Gruppe mit guter Laune auf den Weg in Richtung Roter Turm. Dort trank sie mit ihren alten Vereinskollegen einige Shots und alle unterhielten sich ausgelassen. Die Stimmung war wie jedes Jahr gut und alle tanzten und hatten Spaß. Gegen 22 Uhr machten sich Susi, Robert, Marc, Jens und Martha auf den Weg in ein Partyzelt, ganz oben am Marktplatz, um dort einen befreundeten DJ zu unterstützen. Sie drängten sie sich in die Menge tanzender und schwitzender Menschen und konnten sogar noch einen Tisch inklusive Bierbank erobern. Marc holte allen ein Getränk und die Mädels stiegen auf die Bierbank, damit sie alles gut sehen und hören konnten. Martha war schon leicht wackelig auf den Beinen und schwankte beim Versuch, auf die Bierbank zu steigen. Hinter ihr stand ein junger Mann, Martha nahm ihn zuerst gar nicht wahr, bis sie ins Schwanken geriet und der braunhaarige Mann sie auffing und ihr auf die Bierbank half. Ihre Blicke kreuzten sich und Martha bedankte sich bei ihm für seine Hilfe. Sie wandte sich wieder ihrer Gruppe zu und alle fingen an zu singen. Sie konnte nicht genau sagen, wie viel Zeit verstrichen war, da tippte ihr der Mann von hinten auf die Schulter, Martha drehte sich um und der Mann schaute ihr direkt in die Augen. Martha schätzte ihn auf Anfang dreißig, er war auf jeden Fall älter als sie selbst. Er trug eine kurze Jeanshose und ein weißes T-Shirt mit Aufdruck, allerdings konnte sie nicht mehr genau erkennen, was auf dem T-Shirt abgebildet war. Auf dem Kopf hatte er eine grüne Sonnenbrille und um den Hals eine Haifischzahnkette. Er hatte einen leicht rötlichen Drei-Tage-Bart, dessen Farbe sich deutlich von seinen braunen Haaren unterschied. Martha fiel sofort auf, dass er sehr groß war und gut trainiert aussah. Michael, wie er sich ihr vorstellte, fragte sie, ob er ihr ein Getränk spendieren dürfe, und da Martha schon gut angetrunken war, sagte sie ja und die beiden gingen gemeinsam zur Bar. Sie tranken einen Shot, dann noch einen und noch einen und anschließend bestellte Michael ihnen noch einen Longdrink. Dabei kamen sie ins Gespräch und redeten darüber, wo beide wohnten, was ihre Hobbys und ihre Berufe waren. Er erzählte ihr, er sei vor einigen Jahren mit seiner Familie von Bayern hierhergezogen und habe eine Ausbildung als Mechatroniker beendet, außerdem wohne er allein, in einer Stadt etwas zwanzig Minuten von

Weinheim entfernt. Martha wusste zu diesem Zeitpunkt noch nicht, dass nichts davon stimmte, und so erzählte auch sie ihm von ihrer Ausbildung und von ihren Hobbys. Sie fand ihn sehr sympathisch und ihr Typ war er obendrein auch noch. Ihre letzte Beziehung war schon einige Zeit her und so fühlte sie sich geschmeichelt, dass ein Mann Interesse an ihr zeigte. Nachdem die beiden einige Zeit miteinander geredet hatten, wollte Martha sich von ihm verabschieden und zu ihren Freunden zurückgehen, doch Michael wollte sie noch nicht gehen lassen und gab ihr zwei weitere Shots aus. Martha spürte, wie sich alles um sie herum anfing zu drehen und wie ihre Zunge immer schwerer wurde. Sie wusste gar nicht mehr so recht, was sie eigentlich sagte und ob das alles überhaupt noch Sinn ergab. Langsam wurde sie unruhig und wollte zurück zu den anderen gehen, als sie plötzlich spürte, wie Michael seine Hand zuerst auf ihre Taille und dann auf ihren Po legte. Er ging dabei langsam und behutsam vor. Martha hatte plötzlich ein ungutes Gefühl. Sie wusste nicht, warum, denn noch vor wenigen Minuten hatte sie Michael sehr attraktiv gefunden, aber jetzt störte sie irgendetwas an der Art und Weise, wie er sich verhielt. Während sie überlegte, wie sie sich aus dieser unangenehmen Situation befreien könnte, zog Micheal sie plötzlich sehr dicht zu sich heran, sodass sich ihre Lippen berührten. Sie spürte seinen Atem und seine rauen Lippen auf ihren, sofort wich sie zurück und schubste Micheal weg. Doch Michael schaute sie nur an und sagte, sie solle sich nicht so anstellen. Er packte sie fest an beiden Armen und versuchte erneut, sie zu sich heranzuziehen, doch diesmal wich sie nicht nur zurück, sondern holte aus und schlug Michael auf die rechte Wange. Dabei sagte sie laut und bestimmt, sie müsse jetzt wirklich los und er solle sie in Ruhe lassen. Schnell stürmte sie von der Bar weg in Richtung

Bierbank, wo ihre Freunde auf sie warteten. Um sie herum drehte sich alles. „Ist alles okay mit dir?", fragte Susi und Martha nickte. Inzwischen war es fast zwölf Uhr, der DJ spielte sein letztes Lied und der Kerweabend war fast vorbei, die ersten Stände hatten schon zusammengepackt und nur noch in einigen wenigen Höfen spielten Bands. Die Freunde beschlossen, noch einmal kurz am Roten Turm vorbeizuschauen, bevor sie sich auf den Weg in Richtung Club machen wollten. Sie liefen das kurze Stück von Marktplatz bis zum Roten Turm hinauf und Martha spürte, wie ihr immer schlechter wurde und sie zunehmend schwankte. Am Stand angekommen bestellte sie sich ein Wasser und überlegte, statt in den Club doch lieber nach Hause zu gehen. Susi, Robert, Jens und Marc wollten sie jedoch nicht gehen lassen und redeten mit Sätzen wie „Sei keine Spielverderberin, du kommst jetzt mit" auf sie ein. Das Riesenrad stand inzwischen still und auch sonst war die Stadt fast wie ausgestorben. Ein paar letzte Gäste schwankten nach Hause und einige wenige machten sich mit ihnen auf in Richtung Club. Martha blieb nichts anderes übrig, als der Gruppe zu folgen, da sie es hasste, alleine im Dunklen nach Hause zu laufen. Sie kamen am Riesenrad vorbei über den großen Festplatz, an dessen Ende sie nach rechts abbiegen mussten. Doch Martha merkte, wie ihr plötzlich sehr schlecht wurde. Schnell bog sie nach links in den Schlosspark ab, setzte sich dort auf eine Bank, lehnte sich nach vorne und entledigte sich der zahlreichen Getränke des Abends. Die anderen unterhielten sich lebhaft und waren so in ihre Gespräche vertieft, dass ihnen gar nicht auffiel, dass Martha nicht mehr bei ihnen war. Sie saß auf der Bank und schaute auf die große Wiese, auf der im Sommer immer viele Kinder spielten und Leute beim Picknick saßen. Einige Minuten lang saß sie auf der Bank und starrte zu Boden, als sie plötzlich zwei Schuhe vor sich sah. Sie erschrak, schaute nach oben und erkannte Michael. Sofort breitete sich wieder ein unangenehmes Gefühl in ihr aus, sein Gesicht kam ihr irgendwie fremd vor. Sie wollte aufstehen und gehen, doch Michael packte sie fest an den Armen und sagte, sie solle jetzt mit ihm kommen. Sie versuchte, sich aus seinem Griff zu befreien, aber er hielt sie so fest, dass ihre Arme zu schmerzen begannen. Er zog sie hinter ein Gebüsch, während sie sich lautstark zu wehren versuchte, doch niemand war da, um ihr zu helfen. Er stieß sie unsanft zu Boden, sodass sie mit dem Rücken im nassen, dreckigen Gras lag. Ihre Arme hielt er über ihrem Kopf fest und lehnte sich mit seinem ganzen Körpergewicht auf sie. Da er sich auf ihre Beine gesetzt hatte, gab es keine Chance, sich zu befreien. Er löste eine Hand von ihren Armen und öffnete seinen Gürtel. Über Marthas Wangen liefen Tränen und sie versuchte, so laut zu schreien wie noch nie in ihrem Leben, doch keiner hörte sie. „Das ist die Rache für vorhin, Kleines“, sagte er zu ihr und schlug ihr mit der Faust ins Gesicht. Martha verstummte. Michael zog seine Hose herunter und schob ihr Kleid hoch. Martha schloss die Augen und eine Träne kullerte über ihre Wange.

„Martha, Martha, wo warst du denn, wir haben uns solche Sorgen um dich gemacht“, rief Susi und schüttelte sie heftig. Martha schaute auf. Vor ihr standen Jens, Marc, Robert und Susi und sahen besorgt drein. „Wir haben dich überall gesucht, Martha, wir bringen dich jetzt erstmal heim“, sagte Robert und streichelte ihr über die Schulter. Die Freunde stützten die von ihrer Dissoziation noch immer benommene Martha und brachten sie zurück in ihre Wohnung, wo Susi über Nacht bei ihr blieb und sich um sie kümmerte.

Kerwesonntag

Kurz nach 10 Uhr morgens klopfte es an Marthas Schlafzimmertür. Susi hatte ein Frühstück vorbereitet und brachte es ihr ans Bett. „Hier Martha, ich habe alles auf den Teller gepackt, was du gerne magst“, sagte Susi und Martha versuchte ein Lächeln. Ihr war immer noch übel von den gestrigen Ereignissen, einen so intensiven Flashback hatte sie lange nicht mehr gehabt. Kurz nach dem Erlebnis war so etwas noch häufiger vorgekommen.

Susi setzte sich neben sie aufs Bett und die beiden frühstückten schweigend, denn Susi wusste genau, wie es Martha ging. Es waren keine Worte nötig, um Susi zu erklären, was gestern mit ihr los gewesen war. Auch damals war es Susi gewesen, die sie nach dem Vorfall erst ins Krankenhaus und dann zur Polizei begleitet hatte. Sie wich nicht von Marthas Seite und hielt ihre Hand, als die Ärztin im Krankenhaus sie untersuchte und Bilder von ihren Verletzungen machte. Martha erinnerte sich noch genau daran, wie sie sich damals im Krankenhaus gefühlt hatte und dass sie nicht viel sagen oder tun konnte, als an die Decke zu starren und die Untersuchungen über sich ergehen zu lassen. Erst einige Wochen später war es Martha möglich, überhaupt zu weinen oder den Schmerz zu fühlen. Die Ärztin war sehr einfühlsam gewesen und hatte ihr vorher jeden einzelnen Schritt erklärt, und auch die Polizistin, die Martha damals verhörte, war sehr zuvorkommend und gab sich viel Mühe bei der Befragung. Alles, was sie aussagte, wurde genau aufgeschrieben und Martha musste alles erzählen, bis ins allerkleinste Detail. Die Polizisten hakte bei ihren Aussagen genau nach und versuchte, den Ablauf der Tat exakt zu rekonstruieren. Susi wich ihr nicht von der Seite und streichelte ihr während der ganzen Zeit behutsam über den Rücken. Da Martha sich vor der Tat lange mit Michael unterhalten hatte, konnte sie ihn genau beschreiben und ein Phantombild wurde erstellt. Keine zwei Wochen später konnte ihn die Polizei aufgrund von Marthas Beschreibung festnehmen und er wurde zu fünf Jahren auf Bewährung verurteilt. Vor Gericht hatte sie auch aussagen müssen, doch dorthin begleitete sie ihre Psychologin, da es ihr davor, während und nach dem Prozess sehr schlecht ging, sodass sie damals ihre Ausbildung für einige Wochen unterbrechen musste. Dem Mann gegenüberzusitzen, der ihr Leben zerstört hatte, war sehr schwer für sie und kaum zu ertragen.

Nachdem sie sich das letzte Stück Croissant in den Mund geschoben hatte, schlug Susi vor, in die Stadt zu gehen und ein Eis zu essen. Martha wusste, dass Susi so lange hierbliebe, bis es ihr besser ging. Also machten die beiden sich gegen 14 Uhr auf den Weg in die Stadt. Martha fühlte sich immer noch etwas wackelig auf den Beinen, doch die frische Luft tat ihr gut und an der Eisdiele kaufte Susi Martha ihre Lieblingseissorten Erdbeere und Zitrone. Die beiden liefen weiter Richtung Hermanns-Hof. Dies ist ein großer Garten mitten im Zentrum von Weinheim, in dem es die schönsten Blumen und Pflanzen gibt. Sie setzten sich nebeneinander auf eine Bank und aßen genüsslich ihr Eis , während Martha sich im Garten umschaute. Sie betrachtete jede Blume genau und hielt Ausschau nach gelben Hyazinthen. Doch zu dieser Jahreszeit blühten sie leider nicht mehr. Unweit ihrer Bank stand eine Gruppe junger Männer, die sich angeregt unterhielten. Martha schenkte der Gruppe zunächst wenig Beachtung und schaute erst genauer hin, als ihr einer der Männer bekannt vorkam. Sie konnte sein Gesicht zuerst nicht richtig zuordnen, doch dann erkannte sie ihn und ihr Herz begann zu klopfen und ihre Hände wurden schwitzig. „Ist er das, ist er das wirklich?“, murmelte sie vor sich hin und Susi musterte sie aufmerksam. „Susi, das ist er“, sagte Martha, „der Mann, der mir damals im Schlosspark geholfen hat und Michael von mir heruntergezerrt hat“, erklärte sie mit zitternder Stimme. Nun starrten beide zu der Gruppe hinüber. Martha war völlig perplex und wusste nicht, was sie tun sollte. Sie hatte ihn zum letzten Mal bei der Gerichtsverhandlung gesehen, bei der er als Zeuge ausgesagt hatte. Allerdings war sie an dem Tag so durch den Wind gewesen, dass sie ihn gar nicht richtig wahrgenommen hatte. Ihr Blick schweifte von den Männern hinüber zu einem kleinen Teich, in dem Schildkröten, Fische und Frösche lebten. Martha erinnerte sich daran, wie sie mit geschlossenen Augen auf dem Rücken im Gras lag, Michael auf ihr, und wie sie in den dunklen Himmel starrte, als sie plötzlich einen lauten Schrei hörte. Sie sah, wie ein Mann Michael packte und ihn von ihr herunter zu Boden zerrte. Dann kniete der Mann über Michael, holte aus und schlug ihm mitten ins Gesicht. Michael riss die Hände schützend hoch und blieb einige Sekunden bewegungslos liegen. Der Mann schaute zu Martha hinüber und fragte sie, ob sie aufstehen oder die Polizei rufen könne, da rappelte sich Michael auf und rannte weg. Martha lag völlig erschöpft am Boden, alles tat ihr weh und sie konnte sich keinen Millimeter bewegen. Ihr ganzer Körper zitterte und ihr war schlecht und kalt. Der Mann setzte sich neben sie, rief die Polizei und deckte sie mit seinem Pulli zu, sodass sie nicht fror. Er sagte etwas zu ihr, doch sie konnte sich nicht mehr daran erinnern, was es war. Sie wusste nur noch, dass er sie mit großen, mitfühlenden Augen ansah und nicht von ihrer Seite wich, bis die Polizei eintraf.

. Susi fragte sie, was sie jetzt vorhabe, und Martha schüttelte verwirrt den Kopf. „Lass uns gehen“, platzte es plötzlich aus ihr heraus, denn ihr wurde die ganze Situation zu viel, und sie stand abrupt von der Bank auf und lief an der Männergruppe vorbei, Richtung Ausgang. Susi folgte ihr. Im Vorbeigehen schaute Martha noch einmal zu dem Mann hinüber, der ihr vielleicht das Leben gerettet hatte. In diesem Moment schaute auch er zu ihr und ihre Blicke kreuzten sich für einige Sekunden. Martha verfiel in Panik, drehte sich weg und ging mit hastigen Schritten Richtung Ausgang, während sie sich fragte, ob er sie wohl erkannt hatte. Die beiden Frauen passierten gerade das Tor des Hermanns-Hofs, da hörten sie eine Männerstimme hinter sich. Zitternd drehte sich Martha um und da stand er, der Mann mit den blonden Haaren, den blauen Augen und dem glattrasierten Gesicht. Martha errötete und konnte sich nicht mehr von seinen großen blauen Augen losreißen. Seine Haut war gebräunt und seine Arme muskulös. Er trug eine kurze beige Hose und ein graues T-Shirt und um seinen Hals baumelte eine Kette mit Sonnenanhänger. Während Martha ihn wortlos anstarrte, fragte er: „Du bist doch Martha, oder?" Martha nickte wortlos und so ergriff Susi für sie das Wort. „Hey, ich bin Susi, Marthas beste Freundin, und wie heißt du?" Er stellte sich ihnen als Tobias vor und erklärte: „Ich wusste nicht, ob ich dich ansprechen soll oder nicht, aber ich muss oft an dich und an die Nacht denken. Ich habe mich oft gefragt, wie es dir inzwischen wohl geht, und ich habe es deshalb einfach nicht übers Herz gebracht, dich jetzt gehen zu lassen." Martha verspürte plötzlich ein warmes Gefühl in ihrem Bauch. So wie jetzt hatte sie seit Jahren nicht mehr empfunden und sie nahm all ihren Mut zusammen und antwortete mit zittriger Stimme: „Hey, mir geht es gut, danke für du weißt schon." Tobias nickte verständnisvoll und schaute sie dabei von oben bis unten an. Er zwinkerte ihr zu und fragte: „Hast du Lust, morgen mit mir einen Kaffee trinken zu gehen?“ Martha nickte. Sie verabredeten sich für den kommenden Tag um dieselbe Uhrzeit an der gleichen Stelle, dann verabschiedeten sie sich. Tobias drehte sich um und ging zurück zu seinen Freunden. Martha war wie erstarrt. Sie konnte nicht glauben, dass sie Tobias nach all den Jahren hier wiedergetroffen hatte. Sofort schwirrten ihr viele Gedanken durch den Kopf und sie wurde sogleich unsicher, ob es die richtige Entscheidung gewesen war, sich morgen mit ihm zu treffen. Susi nickte ihr zu und lächelte: „Der war aber hübsch“, sagte sie und Martha huschte ein kleines Grinsen übers Gesicht.

Kerwemontag

Auch montags war auf der Weinheimer Kerwe noch viel los und ein Großteil der einheimischen Firmen machte an diesem Tag früher mit der Arbeit Schluss, um gegen Mittag mit der gesamten Belegschaft feiern zu gehen. Einige andere Gruppen und Sportvereine gesellten sich zu ihnen. Auch Martha war schon morgens auf den Beinen, allerdings nicht, um zu trinken, sondern um sich für das Treffen mit Tobias fertigzumachen. Schon lange hatte sie sich nicht mehr mit einem Mann verabredet und so war sie schon seit Sonnenaufgang wach und konnte vor Aufregung nicht mehr schlafen. Irgendwie war sie nervös und überlegte, was sie anziehen und wie sie ihre Haare tragen sollte. Da es ihr in den letzten Wochen nicht besonders gut gegangen war, blieben rasieren, Augenbrauen zupfen oder Fingernägel lackieren manchmal auf der Strecke und daher beschloss sie, die verbleibenden Stunden bis zum Treffen dazu zu nutzen, sich zu pflegen. Zuerst ging sie unter die Dusche und rasierte ihren ganzen Körper, dann wusch sie ihre Haare und trug anschließend eine Kurpackung auf. In der Zwischenzeit schäumte sie ihren Körper mit einem nach Rosen duftenden Gel ein und rubbelte sich anschließend mit einem Peeling ab. Nachdem sie sich abgetrocknet hatte, cremte sie ihren ganzen Körper ein, trug sich eine Gesichtsmaske auf und kämmte sich die Haare. Anschließend lackierte sie sich ihre Fingernägel mit einem roten Nagellack. Nachdem sie die Gesichtsmaske abgespült hatte, zupfte sie sich die Augenbrauen und entschied sich dazu, sich zu schminken. Seit über zwei Jahren hatte sie das nicht mehr gemacht. Ganz behutsam und vorsichtig trug sie Wimperntusche auf, zuerst am rechten, dann am linken Auge. Anschließend trug sie Rouge auf und benutzte einen roten Lippenstift, passend zum Nagellack. Sie brachte ihre roten Haare mit einem Lockenstab in Form und benutzte eine ordentliche Menge Haarspray. Als sie fertig war, schaute sie in den Spiegel. Lange hatte sie sich nicht mehr so hübsch und wohl in ihrem Körper gefühlt. Sie griff nach ihrem Lieblingsparfüm und sprühte es großzügig auf Hals und Handgelenke. Der Duft erinnerte sie an den Sommer, denn er roch fruchtig und süß und irgendwie ein bisschen nach Liebe. Dann stieg sie die Stufen in ihr Schlafzimmer hinauf, um ihrem neuen Ich mit dem passenden Outfit den letzten Schliff zu verpassen. Sie zog ein gelbes Kleid mit Rüschenärmeln und Blumenmuster aus dem Kleiderschrank und schlüpfte hinein. Sie drehte sich vor dem Spiegel, sodass das Kleid um sie herum schwebte, fast wie bei einer Prinzessin. Ihr Outfit rundete sie mit blauen Sommersandalen und einer Sonnenbrille ab. Die Zeit verging schnell und so blieb nur noch eine halbe Stunde, bis Martha am Treffpunkt sein musste. Sie stieg die Stiegen hinunter und überlegte, wie sie sich die letzten verbleibenden Minuten vertreiben sollte. Eigentlich hatte sie mit dem Rauchen aufgehört, doch gerade schrie alles in ihr nach einer Zigarette und sie wusste, sie hatte noch eine alte Packung in ihrem Nachttisch. Sie setzte sich auf einen Stuhl auf ihrem Balkon, nahm das Feuerzeug vom Tisch, das Marc und Jens wohl am Vortag bei ihr vergessen hatten, und zündete sich eine Zigarette an. Sie lehnte sich in ihrem Stuhl zurück, schloss die Augen und genoss die warmen Sonnenstrahlen auf ihrer Haut. Auch in ihrem Inneren breitete sich ein warmes und angenehmes Gefühl aus, das sie seit Jahren nicht mehr gespürt hatte. Sie zog ein letztes Mal an ihrer Zigarette, bevor sie sie im Aschenbecher ausdrückte und zurück in ihre Wohnung ging, um sich erneut mit Parfüm einzusprühen. Sie lag gut in der Zeit, schnappte sich ihre Tasche und ihren Schlüssel und verließ das Haus. Auf ihrem Weg durch die gestern noch so überfüllten Gassen entschied sie sich dafür, vor dem Treffen noch bei einem Blumenladen vorbeizugehen, um den Geruch der schönen bunten Blumen einzuatmen und sich selbst einen kleinen Strauß zu kaufen. Sie liebte Blumen über alles und überall in ihrer Wohnung hatte sie welche, in allen Farben, Formen und Sorten. Anschließend lief sie den Marktplatz hinauf und schaute nach rechts und links, in alle Restaurants und Geschäfte und zum ersten Mal seit Langem nahm sie die Welt um sich herum wieder wahr, mit all ihren Gerüchen, Geräuschen und der Freude, die die Menschen tagtäglich versprühten. Oben am Marktplatz angekommen drehte sie sich um und ihr Blick schweifte nach oben zum Wald, zu den beiden schönsten Sehenswürdigkeiten der Stadt namens Windeck und Wachenburg. Zwei Burgen, von denen man eine großartige Aussicht über die ganze Stadt hat sowie über die umliegenden Städte. Als Jugendliche war sie oft auf den Burgen gewesen und hatte mit Freundinnen die Aussicht genossen, während sie etwas tranken oder aßen. Dort oben hatte sie auch ihr erstes Date gehabt, 16 Jahre war sie damals alt gewesen, und sie beide hatten nicht so recht gewusst, was sie sagen sollten. Sie aßen eine Apfeltasche und beide verspürten ein Kribbeln im Bauch, trauten sich aber nicht, dem anderen etwas davon zu erzählen.

Nachdem sie sich von ihren Erinnerungen losgerissen hatte, lief sie weiter Richtung Hermanns-Hof, zu dem Treffpunkt, den sie und Tobias gestern vereinbart hatten. Es war zwei Minuten vor vier und Marthas Herz klopfte bis zum Hals. Die Rathausuhr schlug vier, doch von Tobias keine Spur. Nervös lief sie auf und ab und schaute sich dabei immer wieder um. Die Minuten verstrichen langsam, doch von ihrer Verabredung fehlte weiterhin jede Spur. Langsam wurde sie ungeduldig und dachte bei sich: „Was ist, wenn er nicht kommt?“. Ihre gute Stimmung schlug innerhalb weniger Sekunden in ein ungutes Gefühl um und ihr wurde leicht übel. Die Uhr schlug halb fünf, aber Tobias war immer noch nicht da. Sie war traurig und wütend zugleich und beschloss, wieder nach Hause zu gehen. Ihre Enttäuschung war so groß, dass ihr eine Träne über die Wange lief und ihr Make-up verschmierte. Noch nie zuvor war sie so enttäuscht über ein abgesagtes Treffen gewesen und wollte nur noch nach Hause, sich in ihr Bett legen und die Rollläden schließen. Gleichzeitig ärgerte sich über sich selbst, dass sie sich solche Hoffnungen gemacht hatte. Sie lief denselben Weg zurück, den sie gekommen war, doch diesmal nahm sie die Welt um sich herum nicht mehr wahr. Daheim setzte sie sich auf ihre Terrasse, die Sonne ging langsam hinter dem Horizont unter und es war deutlich kühler als heute Mittag. Sie zündete sich eine Zigarette an, dieses Mal aber aus einem ganz anderen Grund. Da hörte sie plötzlich eine Stimme: „Martha, Martha bist du daheim?“. Sie stand auf und schaute über ihren Balkon hinunter auf die Straße. Dort stand Susi, die sie mit aufgeregter Stimme fragte, wie es heute gewesen sei. Martha schaute traurig hinunter und Susi wusste sofort, dass etwas nicht stimmte. Daher schlug sie Martha vor, zusammen einen Crêpe essen zu gehen. Martha wusste, dass Susi nicht lockerlassen würde, bis sie ja sagte, also gingen die beiden Freundinnen wieder einmal in die Stadt. Dieses Mal liefen sie jedoch nicht den Marktplatz hinauf, sondern bogen nach links Richtung Autoskooter ab, denn dort gab es die besten Crêpes auf der ganzen Kerwe. Auf dem Weg dorthin erzählte Martha Susi, was passiert war, versuchte aber zu verbergen, wie traurig sie wirklich war. Doch Susi kannte sie so gut, dass sie genau wusste, wie es Martha ging. Schon früher in der Schule, wenn Martha das Klassenzimmer betrat und Susi anschaute, wusste diese innerhalb weniger Sekunden, wenn es Martha nicht gut ging und dass ihr Morgen mit ihrer Familie wohl wiedermal schlecht verlaufen war. Martha hatte es mit ihren Eltern nicht immer leicht gehabt, da ihr Vater hin und wieder zu viel trank und seine narzisstischen Gefühle dann an ihr oder ihrer Mutter ausließ und diese zu schwach war, um sich oder ihre Tochter wirklich zu beschützen. Als Marthas Vater starb, war sie gerade einmal 17 Jahre alt und oft schämte sie sich dafür, dass sie über seinen Tod ein ganz klein wenig froh gewesen war.

Die beiden Freundinnen bestellten einen Crêpe mit Nutella, für Martha konnte es gar nicht genug Nutella sein, und sie beschlossen, damit noch einmal über die Kerwe zu laufen, ein letztes Mal, bevor morgen alles vorbei war. Während sie den steilen Berg vom Autoskooter bis zum Roten Turm hochliefen, bekam Martha plötzlich Lust, eine Runde Riesenrad zu fahren. Susi war von der Idee begeistert. Sie kauften sich einen Chip und stellten sich in der Schlange an. Schließlich durften sie in eine Gondel einsteigen. Das Riesenrad drehte sich langsam und Martha schaute nach unten. Jedes Mal aufs Neue war sie fasziniert von der Aussicht und davon, wie klein doch alles um sie herum aussah, die Menschen, die Autos und die Häuser. Ganz oben angekommen eröffnete sich den beiden ein Blick über ganz Weinheim und sie sahen den Hermanns-Hof, den Marktplatz, die beiden Burgen, den Schlosspark und noch vieles mehr. Die Sonne ging gerade unter und so färbte sich der Himmel in den schönsten und buntesten Farben, um die Sonne hinter dem Horizont zu verabschieden. Bei diesem Anblick bekam Martha Gänsehaut. Dann fuhr die Gondel wieder abwärts. Sie hatten gerade den tiefsten Punkt erreicht, da hörte Martha eine Stimme, die nach ihr rief, und sie sah einen Mann, der ihr hektisch zuwinkte. Zunächst konnte sie nicht erkennen, wer es war, doch dann fragte sie laut: „Tobias?“ Susi nickte und grinste dabei vom einen Ohr zum anderen. Normalerweise gingen Riesenradfahrten immer viel zu schnell vorbei, doch diese zog sich wie Kaugummi. Noch drei lange Runden musste Martha ausharren, bis sie endlich aussteigen konnte. Kaum stand das Riesenrad, sprang sie aus der Gondel und rannte zu Tobias. Sie blieb vor ihm stehen. Plötzlich fragte sie sich, ob er das überhaupt verdient hatte, nachdem er sie heute Nachmittag versetzt hatte. Tobias war groß, etwa 1,90 Meter, weswegen sie ihren Kopf in den Nacken legen musste, um ihm ins Gesicht schauen zu können. Sie wusste nicht so recht, was sie sagen sollte. Im selben Moment fing Tobias an zu reden: „Martha, es tut mir so leid, dass ich vorhin nicht gekommen bin. Ich hatte auf der Hinfahrt eine Autopanne und da ich so blöd war, mir gestern deine Nummer nicht geben zu lassen, konnte ich dich nicht erreichen, es tut mir leid.“. Martha nickte. „Schon okay“, entgegnete sie, auch wenn es eigentlich nicht okay war. „Darf ich dich zu einem Getränk einladen?", fragte Tobias und Martha nickte. Susi, die inzwischen bei den beiden angekommen war, spürte sofort, dass sie jetzt lieber gehen sollte, und verabschiedete sich mit einer Ausrede. Die beiden liefen zum Roten Turm und Tobias spendierte Martha, wie versprochen, ein Getränk. Sie wussten nicht so recht, was sie sagen sollten, und schlenderten zunächst wortlos über die Kerwe und durch die Gassen der Stadt. Es war laut, heiß und unruhig, daher entschieden sie sich dazu, durchs Gerberbachviertel hindurch bis hinunter zu einer großen Straße zu laufen. Sie überquerten diese und liefen auf der gegenüberliegenden Straßenseite in den Wald hinein. Hier war es deutlich ruhiger und die beiden begannen sich zu unterhalten. Nach einiger Zeit setzten sie sich auf eine Bank und schauten in die Ferne. Tobias erzählte ihr, dass er etwa 30 Minuten entfernt in Heidelberg wohne und dort Soziale Arbeit studiere. Früher hatte er mit seiner Familie hier in Weinheim gelebt und sei zum Studieren vor einigen Jahren weggezogen. Er fände Weinheim aber so schön, dass er häufig aus dem trubeligen Großstadtleben hierher flüchte und im Exotenwald spazieren gehe oder sich mit einem Buch in den Schlosspark setze. Kaum hatte er das Wort Schlosspark ausgesprochen, stockte er kurz und schaute Martha an. Diese blickte zu Boden und schwieg einige Zeit, dann fasste sie Mut und schaute Tobias direkt in die Augen. Dieser fragte sie, wie es ihr denn seit dem Ereignis ergangen sei, und Martha zögerte kurz, erzählte ihm dann aber von ihren letzten drei Jahren. Sie erzählte ihm, dass sie nach dem Vorfall wochenlang im Bett lag, da sie nicht die Kraft hatte, aufzustehen, geschweige denn, sich zu duschen oder etwas zu unternehmen. Ihre Ausbildung musste sie unterbrechen und auch der Kontakt zu ihren Freunden wurde immer weniger. Sie antwortete selten oder gar nicht auf Nachrichten, weder auf Anrufe noch auf das Klingeln an ihrer Tür. So ging das über Wochen. Sie ließ niemanden an sich heran. Noch nie im Leben hatte sie sich so schmutzig gefühlt, egal, wie oft sie geduscht hatte, das Gefühl begleitete sie jeden Tag und wurde nicht besser. Sie hatte schon mehrere Wochen ihre Wohnung nicht verlassen, da klingelte es plötzlich an der Tür und zwei Polizisten standen davor. Ihre Freunde und Familie hatten sich solche Sorgen um sie gemacht, dass sie die Polizei gerufen hatten, die sie wegen vermeintlich bestehender Suizidgefahr in eine Klinik brachten. Dort blieb sie acht Wochen, bevor sie entlassen wurde und dann zunächst wieder zu ihren Eltern zog, damit diese ein Auge auf sie haben konnten. Sie erzählte Tobias, dass sie nie vorhatte, sich etwas anzutun, aber dass sie die mitleidigen Blicke ihrer Freunde und Familie einfach nicht ertragen konnte. Alle fragten sie immer, wie es ihr ginge, aber sie hatte keine Antwort auf diese Frage. Sie fühlte so vieles und gleichzeitig nichts. Nachdem sie mit dem Erzählen fertig war, schaute sie auf und Tobias nahm sie schweigend in den Arm. Er hielt sie fest, so fest, wie sie lange niemand mehr gehalten hatte, und sie fühlte sich geborgen und das warme Gefühl von heute Morgen breitete sich wieder in ihr aus. Lass uns weiterlaufen, sagte sie nach einigen Sekunden und so liefen die beiden weiter durch den Wald bergauf. Der Weg war steil und beide kamen ganz schön ins Schnaufen, aber ebenso ins Gespräch. Beide verspürten sofort das Gefühl, dem anderen alles erzählen zu können, und so sprach auch Tobias viel über sich und sein Leben. Seine Mutter hatte vor einigen Tagen die Diagnose Krebs bekommen und genau wie sie hatte er gerade so viele Gedanken in seinem Kopf, dass er gar nicht wisse, welche davon er fühlen solle. Martha nickte und gab Tobias so das Gefühl, dass sie ihn verstand, zumindest ein bisschen. Nur noch einen steilen Berg mussten sie erklimmen, dann waren sie da, an der Burgruine Windeck. Es war inzwischen dunkel und die Ruine erstrahlte in hellem Licht. Sie setzten sich auf eine Mauer vor der Burg und schauten sich die herrliche Aussicht über Weinheim an. Der Marktplatz war hell erleuchtet und auch der Rest der Kerwe setzte sich deutlich von der dunklen Umgebung ab. Am Himmel konnte man die ersten Sterne sehen und während sie in die Ferne starrten, griff Tobias nach ihrer Hand und ihr Herz begann zu rasen. Zum ersten Mal seit sehr langer Zeit war sie wieder in der Lage, Freude zu empfinden, und hatte einen Menschen gefunden, mit dem sie ihre Gefühle teilen konnte. Noch nie zuvor sie sich in der Gegenwart eines anderen so wohl und verstanden gefühlt und dies, obwohl die beiden sich gerade erst kennenlernten. Martha und Tobias schauten hinauf in den Himmel, von wo der Mond auf sie herunterstrahlte, und Martha bewunderte seine Fähigkeit, die Dunkelheit so hell zu machen. Um den Mond herum funkelten tausende kleine Sterne, die alles in einem helleren Licht erscheinen ließen. Martha und Tobias lagen schweigend nebeneinander im Gras und beide fühlten sich so wohl wie schon lange nicht mehr. Da kam Martha ein Satz ihres Opas in den Sinn. Er war immer für sie da und wenn sie einmal traurig war, sagte er zu ihr: „Erst der Schatten zeigt das Licht.“. Sie hatte nie so wirklich verstanden, was er ihr damit sagen wollte, doch in diesem Moment fühlte sie die Bedeutung ganz genau.

Die Autorinnen

Marlene Schulz wurde 1961 in Heidelberg geboren. Sie hat beim Inkas Institut für kreatives Schreiben in Bad Kreuznach belletristisches und journalistisches Schreiben studiert und ist langjährig aktiv in der „Schreibwerkstatt“ bei Syntagma in Frankfurt am Main.

Tina Schlegel war Regieassistentin, Drehbuchautorin und Redakteurin bevor sie als freiberufliche Kulturjournalistin unter anderem für die Süddeutsche Zeitung und die Münchner Abendzeitung arbeitete. Seit 2012 schreibt sie für Augsburger Allgemeine über Kunst, Theater und Musik und lebt mit ihrer Familie am Niederrhein und im Unterallgäu.

Silke Sutcliffe wurde in Worms geboren und lebt heute in Weinheim. Sie arbeitet als Gymnasiallehrerin und schreibt für den Blog „other writers need to concentrate“, der die Vereinbarkeit von Autorenschaft und Elternschaft zur Agenda hat.

Judit Arlt, geboren in Liestal, Schweiz. Studierte Slavistik und Germanistik, promovierte mit einer Doktorarbeit über den polnischen Schriftsteller und Filmemacher Tadeusz Konwicki. Lebte und arbeitete lange in Warschau und Berlin, heute in Meldorf am Schleswig-Holsteinischen Wattenmeer. Schreibt, spricht, denkt, träumt und veröffentlicht in deutscher und polnischer Sprache.

Katharina Geiger ist 20 Jahre alt und lebt in Weinheim. Ihren ersten literarischen Text veröffentlichte sie 2017, damals noch im Genre „Fantasy". Inzwischen schreibt Katharina Geiger Gedichte und Kurzgeschichten. Ihre Inspirationen kommen dabei meistens aus der Natur. Sie studiert Germanistik und Geschichte in Heidelberg.

Laila Purpus wurde 1999 als Älteste von drei Geschwistern in Weinheim geboren und galt schon seit frühester Kindheit als Träumerin und Geschichtenerzählerin. In der Schule schrieb sie Aufsätze, die als „zu phantasievoll" kritisiert wurden, heute, nach einem Linguistik-Studium und etlichen verschlungenen Büchern, sind es Fantasy Storys und Dungeons&Dragons Kampagnen.

Nea Brunn ist 18 Jahre alt und hat in diesem Jahr Abitur gemacht. In ihrer Schule war sie Scheffelpreisträgerin, hat am Workshop Schreibspuren der Kulturakademie der Stiftung Kinderland Baden-Württemberg am Literaturarchiv Marbach teilgenommen und den dritten Platz bei einem Schülerwettbewerb der Friedensstiftung des ehemaligen Bundestagsabgeordneten Karl A. Lamers gewonnen. Für die Zukunft plant sie, sich am Literaturinstitut in Leipzig für ein Studium zu bewerben.

Eva Sauer ist 22 Jahre alt und wohnt mit ihrem Freund und zwei kleinen Katzen in Weinheim. Sie studiert in Karlsruhe Wissenschaft-Medien und Kommunikation und schreibt gerade ihre Bachelorarbeit. Da schon in der Schule eines Ihrer Lieblingsfächer Deutsch war, hat sie nach dem Abitur angefangen, etwas in die Journalismus-Richtung zu studieren.